양이나 말처럼
류경무 시집

문학동네시인선 079 류경무

양이나 말처럼

시인의 말

희망이나 미래를 위해
생을 탕진할 필요가 있는가
연금을 넣고 아이를 키우고
오늘은 시도 한 편 더 썼다
이 문장들은 모두
어떤 죽음 앞에 예복을 차려입고
문상 온 손님들이다
아무도 누가 죽었는지도 모르고
상가에는 시신조차 보이지 않는다

연인들이 활짝 웃으며
횡단보도를 건너온다 희망적으로

2015년 겨울
류경무

차례

3부 부지하세월이다

4부 누워서 듣는 소리

1부

아무도 몰라보는 봄

에둘러오는

이런 저녁이면 나는
애가 닳아서
애가 다 녹아서 가령,

밤고양이들 저이들끼리 모여서
뭔가 오늘 있었던
재밌는 얘기를 할 때

나는 애가 닳아서
마침 끼어들고 싶기도 한데
애들은 당최 나를 무시하기로 작정한 듯해서

애들아 너희들 얼마나 애가 닳았으면
여기까지 나온 거니
예서 다 쏟아붓는 거니 시원한 거니

이제 그만했으면 좋겠지만 웬걸
차가운 아스팔트 위에
밤고양이들의 애가 가득
둥글게 담겨 있다

에둘러오는 저녁 무렵

돌배나무 아래

찬바람 불던 그 여름
내겐 모든 것이 과분했던 남반구에 큰바람 불었다 그런데
나는 왜 여기 돌배나무 아래 누워 있나
하긴, 어슴푸레 생각날 듯도 하다 그러니까
이 나무 아래 누운 저녁에는
나는 전 생애를 걸고 냉장고처럼 밤새워 노래할 수도 있다

흔들리는 돌배나무,
떨어지는 돌배에 이마를 내어주며
어떤 세기는 꽤 익숙했으나
어떤 세기는 몹시 위험했으므로
넘어가기 힘들었던 시절도 있었다

곧, 당분간, 잠시라면, 견디겠다 노래하며 견디겠다
흔들리는 돌배나무 아래
나는 지금
밤을 꼭 지새고 말겠다는 어떤 작정과
도무지 용서할 수 없는 눈빛들과 싸우는 중이다

마치 제가 내 입이라도 되는 양
모든 나무들이 나를 대신해 노래하고 있다

새잎이라는 짐승

한 아이가 긴 하품을 하며 돋아난다
솟구친다 사자처럼,
쫓기는 가젤처럼 솟아오르는 새잎이라는 짐승

너무 푸르러서 슬플 때도 있었지 아마?
새잎의 새로운 빛은 저렇게 빛난다 모든 목숨이 그러하듯
새잎아, 라고 불러주면 깔깔 웃던 한 덩어리 초록
제가 제 모가지 툭 자르고 싶은 새잎들은
내심 이쯤에서 그만 멈췄으면, 아니라면
이렇게 돋아나는 것만이 최선일까 생각하겠지만
과연 옛날에도 이런 적 있었나

이 맨발의 유릿조각
이 맨살의 먼지 쪼가리들
입술 꾹 다물고 걸어가는 비 그친 날 밤

오늘은 낮술이 내지르는 호통도 그저 견딜 만하다우
낙엽이 지면 돌아오겠다는 약속은 제발 때려치워요,
저기 잔뜩 찡그린 얼굴로
날 내려다보는 저 남자는 앞으로 뭘 먹고살아야 할지 대
답해줘요

이제 그만하자

오늘은 너희들 푸른 모가지 툭툭 끊으며 걸어가는
봄날이잖니

여기 한 아이가 긴 하품을 하며 돋아난다
새잎의 짐승들이 마구 솟구쳐오른다

한 번도 본 적 없는

불어터진 구더기떼 고라니 한 마리
냄비밥처럼 척,
길 바깥에서 끓고 있다

아래로부터 속을 뒤집어 다시 게워내는 일
이렇듯 수승(殊勝)한 죽음도 몹시 가려울 때가 있다는 듯
송곳니 앙다물고

죽어서 참 다행이다, 라고 말하며
냄비 뚜껑 들썩이며
한껏 끓어넘치는 미소를 스윽 날려준다

우리는 어차피 다 익은 밥이라서
이제 이곳에서 그만 뒹굴어도 된단다

콘크리트의 약사(略史)에 새로 새겨진
불어터진 고라니께서 말씀하셨다

달

술 취한 보름,
보름의 해골인 무균질 덩어리가 언덕을 넘는다

웃는 이여,
너는 너무도 실용적인 유방을 지녔다
네 가슴으로 덮은 산그림자에 깃드는 알몸이 너무 가렵다

우는 광경으로 치자면 사자가 제일이지
우는 것으로 치자면 엄마가 제일, 그리고
밤에 피는 꽃은 하얀 꽃이 제격!

시간이 얼마 남지 않았다 저 아래
녹말 나무가 점점 말라간다
사다리는 아찔한 높이까지 치달았다
이곳은 더이상 도달할 곳도 없는 공중

웃는 이여,
내가 이 별에서 가까스로 견뎌내는
이 가려움에 대해서 누군가에게 말해다오

플라타너스 옛 그늘

풀강아지 짖어대는 저녁이었다
너는 그때 거기 없었다
어둠만이 그곳을 지키고 있었다

말하자면, 짐승이 짐승임을 포기하는 저녁은 온다
저렇게 컹, 컹, 짖어대며 꼬리를 흔들며 달려오더라도
아무렴,
지금은 참아야 한다네 친구

저 초록에 덧댄 짐승의 팔다리와
치명적인 놀이터
그 아래 서 있지 마라
거기서 아이들을 부르지 마라

기억난다 나는 착하고 착한 이웃이었다 하지만
어떤 죽음은 우연찮게
누군가가 누군가를 불러세울 때 온다

폭염의 플라타너스
그림자 아래 늘 혼자였던 그때

아직 지나가지 않은 기차

여기 개를 매달았던 다리, 긴 우기였고
모든 것들이 녹아내렸을 때

희망이란 까짓것 된장에 밥이나 말아 먹는 일
개들의 생애는 사실 이 다리와 아무런 상관이 없다
그 짐승은 태어난 지 이제 일 년밖에 되지 않았고
모두들 빨리 끝장냈으면 했지만
여기서는 누구든 천천히 목줄을 건다 그리고

다리 아래 희번덕거리는 물위로
그것을 휙, 던지는 것이다
그때 물의 빛깔은 죽은 개들의 눈빛과 비슷해지는데

기차는 벌써 지나갔지만
지금은 모든 지나간 것조차 오지 않은 미래와도 같은 것

땡볕 아래 축 늘어진 개들의 머리 위로
아직 지나가지 않은 기차가
붉은 화통을 내지르며 지나간다

백 마리의 닭

　개나리 무더기로 짖어대고 있습니다 버스 옆으로 닭장 차
가 가만히 와서 멈췄습니다 삐약삐약 닭장 차가 웁니다 닭
들이 우는 일은 이즈음 봄꽃들이 제 모가지를 꺾는 일과 같
습니다 누군가 바꿔치기한 저 탈것의 야바위야 어찌되었든
방금 백 마리의 닭이 내 옆에 날아와 앉았습니다 오늘은 부
활절, 이 봄은 아무도 몰라보는 봄입니다 나는 음식물 쓰레
기통을 열어 곰삭은 내 얼굴을 보여주었습니다 어디서 또
누가 갇혀 있는지 백 마리의 닭들이 짖어댑니다 아무개야
아무개야 하며 제 이름을 쪼아먹는 소리가 들렸습니다

에게 해의 비유

넌 노래를 불러 난 말을 할 거야
고음의 높다란 주차장을 헤매고 다니던 가수가 말했다

불 꺼진 골목길, 이제 파리들조차 먹을 것이 다 떨어졌다
차가운 담벼락에 기대앉은 가수는
지금껏 세상에 없었던 문장을 중얼거렸다

소중한 건 원래 없다 후회할 일은 하지 않는 게 최선이다
오 며칠 팔월의 대기가 그랬다 편안하지 않은 날들 이어
질 때,
가까운 에게 해로부터 부주키* 소리 들린다

이빨 다 빠진 아버지가 슬리퍼를 질질 끌면서 횡단보도
를 건넌다
나는 다시 이곳에 태어났고 처음으로 해변에 도착했다

물고기 같은 비릿한 것이 옆을 지나갔지만
급한 일은 모두 끝났다는 듯 천천히 문이 닫힌다

* 부주키: 그리스의 현악기.

양이나 말처럼

나는 쉽게 벗겨지는 양말을 가졌다 쉽게 벗겨지려 하는,
양말의 재단사인 나는
  양말을 위해 두 발을 축소시키거나 길게 늘여보기도 하
는데

  나는 양말에 내 발을 꼭 맞춘다 나는 양말이 이끄는 대로
살아왔다 원래 나의 생업은 양말이었지만
  양말은 너무 쉽게 벗겨지므로 양말은 이제 스스로 양말
이 되려고 한다
  이쯤 되면 양말은 그냥 양말이 아니라 양, 말이라는 전혀
새로운 동물로 변이된 것이어서 언젠가
  해가 반쯤 저물던 저녁, 양말이 한 마리 야생 숫양처럼 두
발을 까짓것 들어올렸다가
  온 뿔을 밀어 다른 양말을 향해 돌진하는 걸 보았다 그러
니까 양말의 재료는 캐시밀론이 아니라 숫제,
  양이나 말처럼 단백질로 이루어진 한 마리 초식동물이기
도 한데
  그렇다면 과연 나는 이제 그 숫, 양말을 어떻게 신을 것
인가
  양말은 뜨거운 피를 가졌고 딱딱한 뿔을 가졌고 이내 발
가락 끝에서도 뿔이 자랄 것이므로
  뿔은 양말을 뚫고 자라서 걸음을 뗄 때마다 누군가가 돋
아난 뿔에 찔리거나

개중에는 스스로 부딪혀와서 피 흘릴 것이므로

지금은 한밤,
지금은 양말,
늙은 사냥꾼의 체중을 견디고 있는,
이제 막 예민한 사유를 시작한 한 마리의 동물인 양

조방앞

　고모들은 조방앞에서 다 내렸습니다 오랫동안 이 정류장
은 깊은 소(沼)처럼 고모들을 삼켰습니다 그 조방앞이 이
조방앞이 아니라는 말은 도무지 믿을 수 없습니다 여기만
오면 나는 자꾸 넘어집니다 고모야 고모야 오버로크 고모야
핏물 새나가지 않게 바람 들지 않게 제발 날 좀 예쁘게 꿰
매줘, 나는 배 밖으로 삐죽이 나온 바늘을 억지로 밀어넣었
습니다 옛날이나 지금이나 조방앞은 조방앞, 고모들 때문에
무릎병이 또 도지려 합니다 나는 조방앞에 앉아서 구름과자
를 한입 베어먹습니다 고모들 후르르 흩어집니다

* 조방앞: 부산 동구의 옛 조선방직 앞 버스 정류장.

그 짐승들에 관해서는

거미줄 위를 천천히 걸어보는 일
그건 마치 아이들이 나무에 매달리는 놀이 같은 것이다
그때 나는 한 아이가 거미줄에 걸린 채 순식간에
팔 하나를 잃는 걸 보았다
뜯겨져나간 팔은 재봉선이 터져버린 티셔츠같이
너덜거리며 높은 곳에 겨우 매달려 있었다 그렇다고
거미줄을 걷어내버리는 것이
과연 우리에게 얼마나 이로운 일일까
어찌 되었든 거미 때문에 이번 생을 가늠하기는 글렀다
짐승들로 하여금 이 숲에 다시 돌아올
여지를 남겼다는 것은 여러모로 옳지 않다 그러나
질긴 거미줄 위를 천천히 걷는 것은 꽤 즐거운 일
행여 뒤를 돌아보지는 말 것
그리 길지 않았던 시간이 우리를 기억해낼 테니까
고백하자면
그 짐승들에 관해서는 지금 그다지 할말이 없다
단지 하나의 놀이,
처음엔 그냥 하나의 놀이가 시작되었을 뿐

그때 아주 잠시

화장실에 갇혔던 술 취한 레지스탕스는 모든 걸 포기했다
점점 뚱뚱해져서 이제 저항조차 할 수 없었으므로
그는 곧 고백하며 흐느끼기 시작했다
살아 있는 게 죄였으니까

그렇다면 하나만 묻자 이후의 생은
모두 참혹해야만 하는가?
하찮고 우연한 것들이 불결한 모습을 가졌듯
요새는 살아남은 깡통 부스러기들이 딸랑거리며,
전범자의 얼굴을 하고 수시로 되묻는다

여기서 그동안 어떻게 살았느냐고
도대체 어떻게 나갈 수 있느냐고
그러면 당신은 씨익 웃으며
침묵의 거대한 미소를 던지겠지
그렇다고 하늘을 올려다볼 것까지는 없는 일
그건 순전히 이곳의 문제였으므로

그때 나는 아주 잠시
늙은 몸을 한 어떤 짐승이
멀리서 이쪽을 향해 홀로 반짝이는 것을 본다

밤의 등대가 캄캄한 바다에 자기의 얼굴을 묻듯

이제는 정말 내게 마지막인 당신,
처음 왔을 때처럼 웃으며

입춘

얼음 툭 부러진다 아직 이 양지는 춥다
갈 데까지 가버린 그늘이
짙푸른 입술이 말한다

누가 와서 저 햇빛 좀 막아달라고
그러면 햇살이라 일월신검,
얼음은 스윽 제 목을 벤다

그래 네 목을 네가 자르는 거 참 유쾌한 일
흰 눈 위로 뚝뚝 떨어지는 피 참 즐거운 꽃

마루끝에 앉아서
누가 와서 확 베어주기만 기다리는 입춘

얼음 여자

나는 여자의 침샘 속에 기생하는 한 마리 뱀
더러워진 이마를 씻으러 옹달샘에 다다른

마치 압축이나 하듯
기묘하게 침샘을 말아올리는 기술

혓바닥으로 동그란 얼음을 만드는 묘기를
아무에게나 보여줄 수 있었다

과연 얼지 않는 것이 있기나 한가!
누구든 내 입속에 들기만 한다면

그녀로 인해 내 입술은 영하의 무늬를 가졌다
두 갈래로 갈라지는 얼음의 혓바닥을 가졌다

데드맨

이 향기는 어디서 오는가
누가 읽어주는 경전인가

나는 지난 유월에 죽은 사람
이미 이곳에 없는 사람

나는 내 입속 가득 머금은 당신에 대해서 말한다
향기로운 바람을 타고 오는 당신
넘실거리며 이쪽으로 오는 당신의 냄새에 대해서
이곳에서 유일한 언어로 말한다

유월의 자정에는 떠들지 마라
지금은 사람들의 영혼에 먼지가 들어올 시간
입다물어라 망자들과 친해질 이유가 없으므로

유월의 자정에는 빨리 잠들 것
뜨거운 먼지가 들이닥치기 전에
네 이름 내가 부르기 전에

환승 주차장에서

손바닥 안 개구리가
가만히 볕 쪽으로 나가 앉는다

뼈에 붙어살던 오리나무도
물가에서 겨우 자리를 잡았다

얼기설기 바느질된 배를 열어젖히고
두더지가 흙속으로 돌아갔다

저 풍경들과 내가 미리 친했다는 것은
누구나 아는 사실

새 볕이 토해낸 진흙물도 맑아지는,
아무 곳에나 가는 바람 불어오는,

여기는 봄의 환승 주차장

올해 처음 나하고 붙어먹은
그녀의 만면이 환하다

보리

바람결에 사각거리는 보리의 밭에 들어서 나는 예의 낫질
을 시작했는데

한번은 그것들이 이쪽 켠을 베고 있는 나는 안중에도 없이
아무나 알아들을 수 없는 말을 즈그들끼리 쑥덕이는데, 그
러고 보니 올해는 설겅설겅 보릿대를 눕힐 때마다 보리 냄
새가 좀 이상하다 싶어

아래서도 해보고 위에서도 해보고 별의별 낫질을 다해봤
지만 보리 베기가 뭣보다 수월찮고 나도 예전 같지 않아 누
운 보리를 다시 일으켜세울 만한 아랫도리 힘도 없어서 어
디 점집이라도 찾아가 그 까닭을 물어볼까나 싶었는데

오늘 잘되었다 즈그들끼리 수런대는 소리를 엿들었으니
그게 그런 이유였던즉 이제 보리는 제 텅 빈 속을 아무에게
도 내어줄 수 없으니 공명하는 종달새도 품기 글렀으니 세
월이 이러하니 어지간하지 못해 섣부른 낫질은 고사하고

올해 보리농사는 망쳤구나 새벽 댓바람에 도둑질하듯 거
칠게 보리를 베어 들어가는데 이 낫질은 어찌 한 번은 써먹
겠으나 두 번 써먹기는 글렀다 싶어 그만 일어서는 내 발목
을 보릿날이 스윽 긋고 지나간다

그때 사각, 하고 보리가 베어졌다

2부
그렇지 않니 꽃들아 검둥이들아

움직이는 중심

이것은 그릇에 담긴 자두
쫙 펼쳐놓고 먹기 좋은 자두
이제 누구의 것도 아니라 내 것인 자두

그런데 방금까지 왕왕거리던 초파리들은
갑자기 어디로 사라졌나 참 미묘한,

커다란 그릇에 좀전까지 담겼었는데
이렇게 감쪽같이 줄거나 느는 식구들은 또 어떤가

가령 이웃의 조무래기들이 왁자하게 집안을 뛰어다니다가
한꺼번에 놀이터로 몰려나간 뒤 남은 텅 빈 거실

이런 걸 어쩔 줄 몰라 하는
이게 진짜 문제다
그게 초파리였든 아이들이었든

내 눈에는 방금까지 여기에 있었다는 거
확실히 담겨져 있었다는 사실, 그렇다면

나는 언제부터 이 빈 그릇 속에 버려진 것일까

저곳에서 이곳까지

잘 움직이는 중심이 너무 많다

내력

1
이것은 내가 알고 있는 상인들에 관한 이야기다
어떤 냄새의 영역이든
자기장처럼 끌어당기는 힘이 있다
나는 오래전에 그것들로부터 도망쳐왔다
절인 고기라든지 광주리에 담긴 꽃게로부터
당도를 모르는 소금과 유향으로부터

2
누군가 나를 밀어냈듯 전혀 새로운 냄새가 나를 당겼다
그들은 북쪽 루트를 따라 내려왔다
애초에 우리가 계산법을 몰랐듯
증명되지 않는 출생도 있다
기억난다, 그 저녁의 한때 아무다리야 강가에 다다른
그들이 내게 일러주었다

나를 여기까지 오게 한 냄새에 대해서
아무리 써도 마르지 않는 어떤 꼴림과 끝도 없는 아리아,
더이상 다루기 힘든 냄새에 대해서

3
우리는 너무 많은 길을 걸었다
모래언덕에 길게 누운 한 상인이 내게 말했다

너는 원래 이곳 사람이 아니었다
밤이면 눈 덮인 산꼭대기에 올라 하초를 드러냈었지
생의 끝장을 아는 듯 사막을 겅중겅중 뛰어다니다가
짐승을 만나면 마구 올라타곤 했지 그랬었지

참 좋았겠다 냄새만으로 그걸 할 수 있으니
그렇지 않니 꽃들아 검둥이들아

4
날인하지 말아야 할 문서도 있다
그게 내가 알고 있는
어떤 상업의 영역이라면 더욱 그렇다

이제 이곳에서 더 걸어야 할 길은 없다
중요한 건 저기 모래언덕 위에 뜬 별
그중에서 처음으로 반짝이는 별,

저곳에서 정말 필요한 게 뭘까
뭘 팔아야 될까쯤의 궁리 정도

자귀나무

1
자주색 아이들 그득 내려앉은 자귀나무
푹 하니 젖은 비 오는 저물녘,
폭염 후에 올 어떤 징후를 저들에게 물었다

왜 사람들은 조금씩 증발해가는 걸까
녹아내리는 네 아랫도리 이제 끝장난 거니

푸른 이파리 사이 뜨거운 공기와
하초를 잃고 떠도는 자글자글한 혼백에 대해서

2
이 나무의 팸플릿에 빼곡히 적힌
전혀 새로운 말을 다 읽어내다니

이것 봐, 자네 잠은 좀 줄었는가
어때, 자네 식욕은 여전하겠지?

그런데 이 아이는
꽃을 잠그는 데 전문가로군

책갈피마다 이렇게 많은 아이들이
납작하게 잠겨서 웃고 있잖아

3
혀 내밀어 핥아보는 부르튼 살들아
찢어지고 부러진 뼈들아 너,

합장한 채 짓물러가는 여름의 자귀야
오래전부터
내 머리맡에 흥건히 누웠던 꽃들아

너희들 거기서 뭐하니?

나 잠시 눈감았다가

바람이 불자 익숙하다는 듯
비틀면서 반짝이는
느티나무 잎사귀

햇볕이 들자 불편하다는 듯
튀어오르는 물방울 그리고

폭우에 제 목소리를 깊숙이 잠그는 돌멩이

예민하고 포시러운

나 잠시 눈감았다가 떴을 뿐인데
나보다 먼저 나를 알아차린,
이미 다 알고 있었으면서 지금껏 모른 척한
저것들 저 소요(逍遙)한 것들

흰 꽃아 나무야 이 세계의 보편성들아

내가 그렇게 궁금했니? 그렇다면
나머지 생을 위해 너희도
개명 한번 해보는 것도 좋은 방법

저기, 딱히 할말도 없이

눈곱만 비쩍 말라가는 바다가
예전에 그러했듯

먼지 때문에

절집마다 떡 버티고 앉은 저이는
뭣 때문에 눈두덩이 퉁퉁 부었나
그럴 수밖에 없었나

보리수 큰 그늘 아래 앉았을 때
마군(魔軍)은 단지 사소한 장애였다 하지만
오랜 겁으로 만났으나
바로 지금 눈물바라기인 먼지들 때문에, 볕 잘 드는 대
웅전
풀풀 날리는 먼지들 때문에 저이는 얼마나 울었을까
그리운 라훌라여 야수다라*여

류도이영(柳都怡英)** 낳을 때 탯줄 자르면서
나도 울었던 것인데 그래 나도,
눈에 밟히는 오래된 먼지 때문에
어쩔 수 없는 먼지 때문에

아가야 울지 마라 달님이 널 밀었구나
너무 먼 곳에서 내게로 왔구나
지금 이 바람과 빛과 공기,
이제 너도 만질 수 있으려니
이제 그만 울음을 그치렴 아가야

먼지 풀풀 날리는 룸비니 산부인과
고함지르며 눈물바라기 태어날 때
홀수이면서 양수인 도(都)가
발랄한 기쁨인 이(怡)를 만나 세상의 꽃, 영(英)이 된

지금은 내 딸이지만 옛날에 이미 이곳에 당도한 먼지
왕년의 내 어머니인 먼지들 때문에 나도 울었는데,
절집마다 떡 버티고 앉은 저이처럼
눈두덩이 퉁퉁 부었는데

* 라훌라와 야수다라: 붓다의 아들과 아내.
** 류도이영: 류경무의 딸.

사파리 카리바

짐바브웨의 카리바 덤불에는 자주 사자들이 출몰하지만
몇몇의 흥분한 커플들에게 그것은 그저 흔하디흔한 일

내 혀를 질근질근 물어뜯어줘 사자와도 같이

샤라이 마에라가 남자의 귀에 대고 속삭였을 때
갑자기 뒤에서 나타난 사자가 그녀를 씹어 먹기 시작했다

그녀의 목덜미를 물고 마구 흔들어대는 죽음 앞에서
남자는 콘돔만 낀 채 울부짖었다
지금 막 잡혀온 침팬지처럼

아니 지금도 사자가 나타난다는 게 정말 믿겨져?
우리들 양키 말고는 모두들 미쳤다구
그건 오보일 뿐이야

평화유지군이 어깨를 으쓱하며
긴 검지로 스위치를 꾸욱 누르자
고립된 뭍을 향해서 미사일 세례가 온종일 이어졌다

위험한 사랑이 어떤 종말을 맞았는지
아무도 모르는 일이지만
우리 중에 누구도 그 끝을 보지 못했지만

사파리 카리바는 아름다운 아프리카에 있다

원산 아름다운 원산이 여기 있듯이

죽지 않았다

더러운 통점이 납작하게 엎드려 있다
눌어붙은 껌처럼
방금 꼬리였으며 팔다리였던 돌이킬 수 없는
덩어리 하나가 잔뜩 웅크리고 있다

핸들에 전해오는 작은 떨림 같은 것
마치 벙어리 수영 선수가
해협을 횡단하면서 만드는 물결무늬
느릿느릿 모선으로 돌아온
뚱뚱한 우주인의 노크 소리 같은
그것을, 나는 다시 읽는 중이다
강건한 어깨뼈와
방금 사냥을 마친 피 묻은 이빨과 발톱을

내 목덜미를 쓰다듬는
· 조수석에 앉은 애인이여
지금은 조금 민망한 시간
그대가 이끄는 곳으로 서둘러 가기에는

저놈이 아직 죽지 않았다

차오르는 붕어빵

보이니
아저씨는 아직 탯줄을 달고 있단다

붕어빵에 붕어가 없다는 사실을 너희들도 알고 있겠지만

붕어빵이 빵빵하게 튕겨져나올 때마다
탄성을 지르기로 한 약속은 이제 지키지 않아도 돼

너희들 입김에 묻어나는 붕어빵 냄새 오래오래 갈 테니까
형틀의 붕어빵처럼 너희들 예쁘게 자랄 테니까

저것 봐 붕어빵 사러 오는 사람은 모두 배꼽이 없단다
나는 탯줄의 뚝심으로 기계를 돌리는 붕어빵 아저씨

꿈틀거리는 탱탱한 탯줄 속 차오르는 붕어떼
너희들 눈가에 맺히는 뜨듯한 양수가 보이니?

아가야
넌 붕어빵이 눈물까지 차올랐구나!

저 나비같이

한번은 저 나비같이 몸 둘 곳 몰라
파릉파릉
도로를 넘어가는데
오토바이가 정면으로 날 거둔다
싫다고 튕겨낸다

한번은 저 나비같이 몸 둘 곳 몰라
이 자리가 맞을 거야 팔뚝을 지지다가
오줌 담벼락에 꽉 쑤셔박혀 그냥 굳어버릴까,
비비적거리다가

올려다본 밤하늘의 자물통

일곱 개의 구멍 저쪽에서 일곱 개의 눈이
이쪽을 쫙 째려본다
원래 그쪽은 환했었지 아마 또 한번은

저 나비같이 몸 둘 곳 몰라 이 공기에서 저 공기로
건너가는 저 나비 바라볼 때,

안달하지 말라고 너 어디에도 맞는 몸 없다고
풋!

나비를 뱉으며 바람이 말했던 것 같은데

편통

왼쪽 다리를 바닥에 쓱쓱 갈아가며
걸어오던 풍 맞은 김씨

왼쪽으로 말라붙은 이파리 달고
악착같이 겨울을 견디던 나무

그리고 평생 왼편이었던 어머니
생각하면,

갑자기 왼손이 먹먹해져서
왼손으로 밥 먹거나 악수를 청할 때

자꾸 숟가락을 놓치거나
사람들의 손등이 먼저 만져진다

내가 편애했던 것들은
모두 왼편에 서 있었다

나와 친해지려 했던 것들은
모두 왼쪽을 앓고 있었다

이제 이곳의 바람에게 뺨 내어줄 때
아무 뺨이나 갖다대기로 한다

누굴 편애할 마음도 없이
양쪽이 다 아프거나
씻은 듯 낫거나

한달에한번묵자 계(契)

옛날에 들은 이야기인즉,

'한달에한번묵자' 계원들 한 달에 한 번
빙 둘러앉아 소 한 마리 발겨 먹었다는데

그네들 젓가락질 하나는 타고났다는 거
축축한 피맛은 여전했다는 거

'한달에한번묵자' 계원들 한 달에 한 번
아주 진지하게 소 한 마리 발겨 먹었다는데

창자가 아픈 자는 내장을
간이 아픈 자는 간을
몸속에 쌓아둔 말이 많구나 벙어리야
너에게는 뜨거운 처녑을

이 뜨거운 곗날에
귀때기를 붙잡힌 짐승처럼 질질 끌려다니는

너는 어디가 아픈 것이냐
공중으로 흩어지기 전에 뜨듯한 이 피 한 모금을

그쯤 되면 향긋한 짐승 냄새 풀풀 풍겼을 텐데

대가리 처박고 좋아 죽을 지경이었겠는데

옛날에 들은 이야기인즉,
워낙에 옛날이야기라서 이제 가물가물한

모두들 소 한 마리씩 끌고 나왔던
이제 끝장 볼 것이라 맘먹었던 그날,
'한달에한번묵자' 계의 길고 길었던 여름 이야기

미냥

미냥이 걷는 길은 솟구치는 길

미냥은 술렁술렁 즐겁고

미냥은 하늘하늘 유쾌해

미냥아 하고 부르면 왜 옵빠?

미냥이 걸을 때는

보도블록도 참지 못해 튀어오르고

미냥아 미냥아 하도 불러서

퉁퉁 부르튼 내 입술

물커피 빼는 동안

미냥아 왜 사니 오빠는 왜 살아

다방문답(茶房問答) 하는데

물려받은 성도 없이

얻어 지은 이름도 없이

오빠는 미냥이 마냥 좋은데

미냥도 오빠가 제일 좋다는데

어쩌다 아주 가끔

안다 다 안다 그럴 만도 하다,
비틀거리며 뒷간 가서

뭘 낳고 싶다기보다는 뭔가 바꾸고 싶은 게
분명한 심정으로 이게 아냐 아닌데

웅숭그리고 앉아서 딱딱하게 굳은 똥딱지
한 쪽씩 벗겨낼 때도 있겠다

이건 모두 죄 때문이다 이 우주에서 가장 편협한 이곳에
잘못 내려서이다 똥 한 덩이에 한 번씩

슬몃슬몃 근육을 놓아주면서 오늘은 좀더 색다르게
앞에서 뒤로 역근(逆筋)이나 하자 거꾸로 괄약근을 닦아
보기도 하겠지만,

넌 원래 포유류가 아니었어
네 별은 여기서 너무 멀다 어쩌다 이곳까지 왔니

사기나 치다가 달래나보다가
꼴린 항문 다 풀고 미적미적 걸어나오면

속시원하겠다 어쩌다 아주 가끔 항문 꼴리는 날이어서

뒷걸음치다 똥 밟은 기분이기도 하겠다   ―

기침 한 번만으로

당신에게 가는 길은 저 별처럼 멀었다

푸르른 나무 아래도 지나쳤고

사막의 골짜기도 지나왔지만

당신은 거기에 없었다

언젠가 교차하는 환승 버스에서

당신 얼굴 잠깐 비치기도 했지만

그것으로 끝이었다

기침 한 번에

밖으로 튀어나오는 성기를 가진 당신

추문(醜聞)

1
나는 왜 이렇게 사는가
모래알같이 많은 나날을 어쩌자고
겨우 연명하는 것인가

그때 고개를 넘을 때 따라오던
자꾸만 같이 가자고 보채던
여우를 따라갔어야 옳았다

그래도 사랑할 수 있으니 얼마나 좋아요
이제부터 진지하게 살 거야 두고 봐
그럼 지금부터 밥값은 네가 평생 책임져라
어디 가서 감자탕이나 마시고 가지?

그네들은 내 등뼈를 사정없이 발라먹었다

2
나에 대해서 너에 대해서
아무것도 캐묻지 않았다면
우리는 어떤 꾐에도 빠지지 않았겠지
비릿한 입맞춤 때문에
우리는 이미 더는 참을 수 없을 만큼 더러워졌다

혹시 나는 누군가를
용서할 수 없는 일 때문에 사는 것일까
오래된 칼을 벼려서
마지막 비수를 들이대기 위해

아니라면 나는 아무것에게나
붙어먹기 위해 사는 것일까

3
어쩌다보니 나는
망태를 들고 십 리 밖까지 걸어갔다 온 사람
광물을 져 나르는 사람이었다

기억하건데 소는 참 소 같은 사람
어쩌다보니 나는 소를 잘 모는 사람이었다

그러니까 나는
이 끝에서 이 끝까지 오랫동안 달음박질한 사람

돌아보니 그건 단지 한 발자국이었고,

내가 몰랐던 것은 아무도 몰랐으므로
나는 나를 이제 뭐라고 불러야 할지

이 오래 묵은 소문을 어떻게 수습해야 할지

헝그리 복서

이곳에선 한쪽 전원이 아주 잘 나간다
자꾸만 몸이 한쪽으로 기울어지는 건

이미 도륙이 끝났다는 것이다 그렇지 꿈에 어머니를 봤겠
지 안 넘어지려고 바동거렸겠지

하지만 그대의 달팽이관은 이미 끝장났다
거대한 입속으로 머리를 밀어넣은 거다 너의 트레이너는
타올을 던졌어야 옳았다

아무리 멋진 크리스마스였고 세계 챔피언이었고 시합에
서 이겼다지만
너는 너무 거칠게 살았다

아산병원 해부학 병동,
이곳의 첫물로 행군 빨래처럼 누운

친애하는 헝그리 복서여

오체투지

손등을 입술로 누르고 비릿한 콧잔등 실룩거리면
배내젖 향기가 나는 듯하다

길 위, 떡 버티고 선
되새김질 전문가인 야크가 말하길,

이곳에 산 채로 넘을 수 있는 언덕은 없다
기어가서 깔아뭉개곤 잘근잘근 썹으며 가라
이 길을 아예 먹고 가라 삼키며 가라

넘어지는 척, 다 닳은 무릎을 하고
한 생에 한 덩어리씩 몸 던지는 자들이 몰려온다

한사코 이 길을 다 먹어치우려는 짐승들이 온다

내 소매 가득한

언제 오시나
분통(粉桶) 같은 방안에 누워
고치나 지어볼까 잠이나 자볼까

어머니 왜 안 오시나
맛있는 어머니

다리 부러뜨려 한 입 먹고
팔 부러뜨려 한 입 먹고
바삭바삭한 날갯죽지 골라 먹기 좋은 어머니

메뚜기나 잡아 다리 툭 끊으면
배추밭쯤 오셨다
더듬이 툭 미나리꽝 돌았다
날개 툭 떼어내면

사그락사그락 치맛자락 부비는 소리
들리는 거 같은데
입술에 깃드는 참을 수 없는 가려움
문고리에 묶은 어머니 옷고름이나 당겨볼까

그러렴 아가야 모두 다 뱉어내렴
치렁치렁 문 앞에 걸어놓으렴

피가 마르기 전에 딱딱해지기 전에

둥글게 마냥 둥글게 후후 불어
바다로 강으로 이리로 내게로 밀어보내렴

내가 다 받아줄 테니 아무렴
내가 네 속에 가득 담기려니

살육의 계절이 오기 전에
동글한 고치나 지어 꼭꼭 숨으렴 아가야

등불이나 밀어볼까
팔도 떨어지고 다리도 없는
맛있는 어머니

마중이나 나가볼까
이제 아주 영영 주무시러 오시는 어머니
내 소매 가득한 벌레 어머니

3부

부지하세월이다

흰 밭

호박잎 위 달팽이 지나간다
부지하세월이다
새하얀 길

그런 치마를 입고 앞차기를 하다니
어쩌면 좋니 접시꽃아
입술이 하얗게 부르텄다

부추꽃 위 흰나비
제 머릿속 다 비우고 가만히 내려앉듯

하지의 밭에 앉으면 말갛게 하얘진다

상추 꽃대궁 꺾으면 흰 피 하여튼
흰 밭에 든 이네들이란

민들레며 엉겅퀴며
씀바귀조차

연을 끊다

볕 좋은 정류장에 빼곡한 할마시들
저렇듯 좁은 나무의자에 꼭 끼어앉아
비린내 나는 나이롱 치마 밀착시키는
도무지 불가해한 정류장의 할마시들
서로의 엉덩이를 바짝 붙이고
한 엉덩이가 떠나면
또다른 엉덩이가 비집고 들어와서는
서로를 견디고 버팅기며
봄날의 광장을 번쩍 들었다 놓는 할마시들
오늘의 기사님은
녹록지 않은 인연의 너구리 영감
오, 저 폭탄들을 언제 다 실어나른다지
무연고 묘지의 종점에서 종점으로 덧대어진
할마시들의 끝없이 이어지는 정류장
그녀들의 묘비명은
드디어 지금-여기와 연(緣)을 끊다

이 많은 모래알들

아침까지 이쪽으로 옮겨야 할 아이들이 너무 많다
한 아이가 내 귀에 대고 말했다
당신 입에서는 오래된 피비린내가 나는군요 그거 알아요?
그것 때문에 맨날 속아넘어가는 거
그렇다면 언제까지 견딜 수 있을 것인가 이 지독한 더위와
유모차를 밀고 가는 노파의 씰룩거리는 엉덩이,
잊을 만하면 만나는 과속방지턱을

그래 나는 지금껏 이재에 밝은 몸으로만 살았다
내가 이쪽으로 옮겨내는 아이들은
제각기 지난 생을 충실히 건너온 여자였거나 남자,
혹은 일찍이 생을 마감한 청춘들이었다
새로운 몸을 얻어봤자 빤히 들여다보이는 다음의 생;
그걸 어쩌지 못해 맨날 속아넘어가는 거,
그 정도쯤은 나도 알고 있다 하지만

어쩌면 좋으니 그게 좋아서 이렇게 뒹굴고 사는 거지
아이를 기다리는 집에 원하는 아이를 스윽 밀어넣고는
새파란 엉덩이를 찰싹 때려주는 거지
그러면 시치미 뚝 떼고 울음보를 터뜨리는 새로운 아이
정말 맨 처음인 양,
다시 시작하는 아이를 보고 있자면 마냥 좋으니
어쩌면 좋나

어찌 되었든 아침까지 이 아이들을 모두 옮겨야 한다
아니면
그것들은 상해버리거나 조금씩 녹아서 없어질 것이다
물론 나는 곧 망할 것이지만
이곳에서 얼마나 견딜 수 있을까 얼마나 버틸 수 있을까

하지만 이 호시절 또한 그리 나쁘지만은 않았으니
입 크게 벌린 세계여!

지금부터 튼실한 아이들을, 내가 가진 아이들을 사가라,
상아보다 빛나는 혓바닥 속 유향보다도 귀한 아이들을!

저기 제가 낳은 새끼들을 모두 거둬들인
멀리 나갔던 가축들이 돌아오고 있다

나는 아침까지 이 아이들을,
서걱거리는 모래알들을 다 옮겨야만 하는데

달에 관한 진술

차들이 들고 나데요 입구도 없고 출구도 없는 곳을 바라보았죠 매일 빙그르르 돌았지요 돌아갔었지요

달리는 차들을 유혹하데요 엉덩이를 죽 내밀더니, 잘 박아라 잘 박아 주차시켰죠 쑤셔박으니 움푹움푹 패인 흉터만 남고

만차(滿車)라서 부풀어오르며 뭉실뭉실 떠올랐지요 한껏물올라 번쩍번쩍 젖줄기 뿜어져나오는데 쭉 빨아먹는 맛! 다디단, 그건 마치

올라타라는 말씀, 혼자 잠들 수 있다 혼자 환해질 수 있다는 말씀인 것 같아서

남은 기름도 없이 오래오래 올려다봤죠, 현현(玄玄)한 주차장이었죠

짙푸른 손바닥

숨가쁜 허파, 어디로 뛰어가려는 어떤 경계 쪽으로 막 몸
을 급하게 꺾는 저 광기에 끼어들고 싶지 않지만 기침할 때
마다 축축해지는 이 짙푸른 손바닥을 보라 산을 내려오는
사람들의 새파랗게 질린 얼굴을 보라 밤에 어두운 산 쪽으
로 부는 바람은 사모하는 이의 혓바닥이라서 발가벗고 누워
서 빨고 핥고 싶기도 하겠다 코를 대고 싶기도 하겠다 닳고
닳은 입술이 지워진다 저기 떨어져나간 입술 쪼가리들 반
대편으로 빠져나가 아무에게나 입맞추다가 낄낄거리며 다
시 이리로 온다 차가운 피멍물 끼얹어준다 쉼 없이 둔갑하
는 초록으로 다시 내게 온, 비린내 나는 목숨 여럿 몸 던지
는 거 너무 잘 보이는 지금 날 선 칼들의 시간

관

귀가 아픈 건 당신인데 나팔관이 아프냐고 묻는 건 웬일
이니

달팽이관이나 나팔관이나 그게 그거지 우긴다면 아무렴

더이상 할말 없다 검은 고양이나 흰 고양이나 그게 그거
지라면 더더욱

몸속에 차곡차곡 잴 게 뭐가 그리 많나, 속으로만 휘감고
있던 넌 어떻고?

동글동글 말아서 똥이나 만들며 살기로

한쪽으로만 몰리는 말씀은 이제 듣지 않기로

아으, 그래서 귀는 말의 자궁이라고 하잖니

이것 봐 말의 노릇노릇한 귀지들이 가려워 죽을 지경이
잖아 클클클

이제부터 귀때기를 붙잡힌 채 질질 끌려다니면서 들었던
말을 다 불어버릴 테다

확실한 피임법에 대해서

 어떤 깔때기 같은 것에 대해서 이 진창을 완전히 폐쇄시
키고 난 뒤

 뒤집어 꼭꼭 덮어쓰면 하나도 아프지 않을

 거대한 관을 통과하는 방법에 관한 것 또한

모로 누운 사슴

팔뚝과 귓불이 검게 그을렸다
너무 오래 달렸다는 거다
모든 걸 소화시켰던 입술이 붉다
그건 언제나 급하게 먹었다는 거다
허벅지에 낀 커다란 고환이 경련을 일으키는 건
꿈속에서 갑자기 어떤 맹수와 마주쳤을 테니까
이 동물의 일생이야 그야말로 뻔한 것
모든 걸 알아차린 것 같지만
더이상 숨을 곳이 없다는 걸 몰랐던
무지의 기록이거나
진창의 흐느낌쯤일 것인데
여기 물 좋은 온천장이다
모로 누운 그의 어깨를
누군가 툭, 건드린다면
그는 금세 울음을 터뜨릴 기세다
머리뿔에 하얀 수건을 걸친
선한 상징 한 마리 한뎃잠 자고 있다

안개의 사생활

안개는 뾰족한 촉수를 가졌다 저기 앞서 걷는
그녀의 머리칼이 허공을 가를 때마다 포르말린처럼
푹푹한 안개의 포자들이 이쪽으로 날린다

안개는 곧잘 그녈 덮친다
안개는 제 표정을 애써 감추며 그녀를 한 겹씩 벗긴다
이내 그녀의 몸은 반짝이는 물방울로 조립되지만

볼을 부비고 지나가는 물방울은 모두가
해독할 수 없는 지독한 독을 지녔다
그리고 그녀가 말했다
넌 나에 대해서 얼마나 알고 싶은 거니?

그녀를 휘감는, 가까운 곳으로 닥쳐오는 안개 때문에
나는 그녀에게 점점 자신 없어지는데
부풀어오르는 피부, 터지는 안개의 물집마저
이제 하나도 아프지 않은 건
참 미묘한 일이야
조금씩 그녀가 안개를 먹어치우는 게 분명한 것

나는 그녀를 따라 걸으며 생시의 나날
이 길의 관절을 한마디씩 꺾어보는 것이다

혈가(穴歌)
― 연암의 하야연기(夏夜讌記)를 베끼다

경진(庚辰) 물의 날에 그와 함께 걸어
더벅머리 류(類)에게 갔었지

미쉘도 밤에 왔네
류(類)가 드럼을 치자 미쉘은 기타로 화답하고
그는 옷을 벗고 춤을 추었네 밤 깊어 스모그가
사방에서 몰려들자 더운 기운이 잠시 가시고

그의 목소리는 점점 거칠어졌네
류(類)는 이미 분별없는 짐승이고
미쉘은 소리의 입자들을 하나둘 세고 있었네,
마치 그들은 돈오(頓悟)에 든 듯해서
대저 시간이 다시 시작함에 우레가 막아선다 해도 반드시
조우하고야 말 기세!

그가 노래하면서 류(類)와 몸을 바꾸었네
기타를 치던 미쉘이 동굴의 틈새로 비치는
우주선(宇宙線)을 보고 기뻐하며 내게 말했지

참 대단한 시스템이군
느릿느릿 의심할 때는 생각에 잠긴 것 같고
잽싸게 비추일 때는 득의함이 있는 듯,
우뚝 솟으며 입으로 먹으며

080

공중을 흐르며 줄을 타는 손가락 같구나!

류(類)와 그는 서로 화답하고
나도 미쉘과 같은 느낌을 얻게 되었지
헤어지는 길에 검은 구멍이 갑자기
밝은 빛을 잔뜩 머금어 동녘 하늘이 환했네
십만 광년의 별똥별 하나가 긴 꼬리를 그리자
그는 나에게 말했지, 저 빛은 어떤 합(合)에 속할까

그리고 마침내 노래를 불러 소리를 맞춰보는 것이었네
나도 돌아오는 길에 혈가를 지어 노래했네

이동

어제
누구에게도 줄 수 없는 피
아무나에게 받을 수 없는 피를 가진 족속
그게 바로 나란 걸 어제 비로소 알았다

비데에 걸친 항문을 천천히 핥아주던
물의 혓바닥이 말해줬다 그리고 밤새도록

한숨도 못 잤다, 드디어 골반이 녹아내렸기 때문인데
나는 어서 늙기만을 바라오지 않았던가
늙으면 과연 나는 완성될 수 있을까

날 좀 옮겨다오
집에 오는 길, 자기 집 대문 앞에 쭈그리고 앉아
옴짝달싹 못하는 영감이 내게 말했다
여보게 젊은이 날 좀, 이쪽에서 저쪽까지
옮겨주지 않겠나 내가 저 문으로 들어갈 수만 있다면
여보게 젊은이 날 좀 들어주게 내 몸 좀 들어주거나
아니면,
여기 앉아서 내 말이라도 들어주지 않겠나
날 이쪽에서 저쪽까지 옮겨준다면
내가 옮겨갈 수 있다면, 아무렴 날 좀 옮겨준다면 젊은이
한줌 깃털인 날 좀,

점점 다리가 줄어드는 날 좀,

저녁의 술집에서
저녁의 술집에도 그녀는 없었다
당신밖에 몸 둘 데 없다고 아무렇게나 고백하자
그녀가 눈물을 들고 막 뛰어온다
제발 내 눈물을 받아줘 하품이 핑 돌았다 그리고
그녀의 입이 내 혀를 건너가는 사이,
나는 그녀를 얼른 받아 마셨다

이것 보셔요
방금 그 가까운 통로에서 옮겨온 이 씨앗 좀 보셔요
이제 이리로 오셔야지요 우스워요 생각나셔요?
아이들 키우며 옹기종기 끝없을 것 같던 우리
거긴 땡볕이오 진흙밭이오 오셔요,
이제 그만 달게 오셔요
이제 다시 시작인걸요 당신과 나

이동 구간에 들다
나무에 로프를 길게 늘어뜨리고 이미 이동 구간에 든
젊은 남자를 만났다 그가 내게 말했다
영감 날 좀, 이쪽에서 저쪽까지만 옮겨준다면
저 문으로 들어갈 수 있다면

영감 날 좀, 여기서 저기까지만이라도 옮겨준다면
내가 옮겨갈 수 있다면
아무렴 날 그렇게 해준다면
여기서 저기까지만이라도 제발

자네는 머잖아 바깥을 향해 팔을 벌려야 할 걸세
그러면 더는 내 집 쪽으로 발길을 향하지 않겠지*

오늘
마당에 앉아 개를 본다
개는 토마토를 먹는 나를 본다

마당에 나가 앉은 지 너무 오래
나는 벌써 마당개가 다 되었다
그에게 무언가 설명해야 한다 그래야 한다

생전 처음 보는 토마토의 맛과
해변에서 집단 자살한 고래떼에 대해서라도

이 마당은 가뜩이나 멀고 아득하다 하지만
나는 지금 여기서
가장 빠르게 이동하고 있는 동물이다

* 나쓰메 소세키의 소설 『마음』에서.

아침에

아침에 물 건너오는 고요한 음계(音階)
코끝의 천리향처럼 가늠할 수 없고

이 살 떨림은 하나의 마음으로 끝나지 않고
마음이 다른 마음 불러모아

묘한 비법과도 같이 나는,
한 번도 해보지 않은 호흡을 가만히 시작하는데

내 속엔 어떤 병에도 듣지 않은 약이 있어
겹겹이 쌓였던 가루약들 뒤섞여
이제는 속이 다 녹아버릴 것도 같은데

좋으니 몸아?

오후엔 횟감 장만하듯 배나 갈라 뒤집어
어디 날씨 좋은 해변에 나가 말려봐야겠다

깜짝 놀란 봉숭아가 씨주머니를 툭, 뒤집듯
가끔 뒤집어지는 몸이어서

눈으로 하여금 속을 보게 하였으면
장기로 하여금 환한 바깥을 보게 하였으면

달과 함께라면

서늘한 걸음은 달의 장기이다
눈 부릅뜨고 앉아 있던 세간들도 금방 유순하게 만드는
재주란 츳,
이내 방은 둥그런 냄새로 가득찼다

길가에 앉아 있던 헬쑥한 달은
종종 내게 따뜻한 입술을 꽂는다 그럴 때마다
내 몸은 기우뚱 기울어지기도 하는데

밤새워 골목을 만들며 뛰어다니던 아이들
눈물 마를 날 없던 애인들은 다 어디로 갔나
착한 가축들을 놀래주던 거짓말은 또 어디로

달이 입술을 거두면 나는 축축한 공기주머니처럼
부풀어오른다

이제 둥둥 떠오를 테다
맞은편 지붕 위를 스윽 지나갈 테다

그와 함께라면 어디든

내 입속에 담긴

죽은쥐나무
죽은쥐나무에 다다른 나는 뛸 듯이 기뻐했다
거기엔 홍조류가 그득했으므로 굶을 까닭이 없었다
아프리카 잉어는 한때 이 강가까지 도착했다
가끔 낮은 피아노 소리 들린다
거기 아름다운 붉은 꽃 아래, 새카만 아이들이 시소를 탄다
나는 호수에서 막 걸어나오는 중이다
이곳에 오래 머물지 않는 악어들이 몰려온다

벨라루스의 새끼 곰
푸른 그림자, 저 푸르러가는 외국의 말!
구체성을 잃어버린 바다에 대해선 딱히 할말이 없지만
여기에서는 맛있는 사과가 잘 보인다
도대체 어떤 짐승이 이 동굴을 버렸나
나는 거침없는 새끼 곰들과 함께 벨라루스까지
한달음에 도착했다
우리는 아침 젖을 굶었다 형제여 이 꽃을 먹어라
그리고 더 깊은 숲으로 들어가자
날지 못하는 큰 새가 처음 보는 넓은 풀밭을 가로지른다
신선한 고기 한 조각이 그립다

동굴에서

그네들은 무척 위험한 종이다
그들은 눈을 멀게 할 수도 있는 치명적인 가루를 지녔다,
하지만

자꾸 들어오겠다는 걸 어쩌겠니 밝은 눈보라
모두 다 뿔뿔이 흩어진 지 오래된 저녁이다
우리는 이제 누구나 받아드릴 준비가 되어 있다
한번 들어온다면 다시는 되돌릴 수 없는
종잡지 못할 성채 또한.

날이 새면 모든 게 끝나 있겠지,
그리고 모두들 까맣게 잊어버릴 거야
다시 말하지만 너희들은 항상 너무 심각하게
잠을 청하는 게 버릇이로군
사실 이번 잠은 그리 오래가지 않을 거야

내 입속 그득히 담긴 새끼들이 오들오들 떨고 있다
점점 추워지던 마지막 별이었다

특별한 순간

1
김밥이 향기로우니 코가 살 만하다
이제 마음껏 먹는 일만 남았다
식물성 섬유질과 동물성 단백질을 해초류에 말아 먹는
이동식
어디든 움직여야 하니까 무엇이든 먹으며 견디는 거다
이렇게 매일 쫓기면서 겨우 연명하는 게 최선인가 싶지만

지금은 난폭한 버스라도 타야 한다
막차를 놓치는 것은 끔찍한 일
길은 아직 멀고 날은 어둡다 빨리 집으로 돌아가야 한다
이곳에서는 살아 있어도 살아 있는 것이 아니니
어제는 집에서 불과 2만 킬로미터 떨어진 곳에서
서른 명의 아이가 죽어나갔다
정부군은 엄마를 먼저 그리고 아이들을 차례로
근접 사격했다
하지만 나는 오늘도 저녁 운동을 할 것이다
끊임없이 질량 보존되는 어린것들을 생각하며

2
내가 꾸는 꿈은 늘 같은 꿈이고 잠은 늘 선잠이다
모든 올라붙은 종아리들이 오후의 가랑이를 쩍 벌리고
누워 있다

우리가 예전에 푸른 잎사귀를 함부로 따먹었듯
발기한 개들은 그것들의 냄새를 따라가 짓이겨버린다
그렇다고 해서 모두들 소중한 것을 잃어버리지는 않겠지
누구에게든 추억을 기리는 날이 어김없이 당도할 테니까

3
오디가 익는 계절이 와서
모든 새들이 일제히 검은 똥을 쏟아낼 때
나도 그만 정착할 것이다
나의 정치적 견해도 그때 밝혀질 것이다
방금 거대한 공간으로 쏟아져나온 핏덩이 톰슨가젤이나
무리를 놓쳐버린 어린 누,
풀숲에 숨어서 어미를 기다리는 표범의 새끼와 작은 새들
이 바로 그것이다

하지만 지금은 살아 있는 모두에게 특별한 순간
누가 어찌 되었든 서로에게 무슨 상관이란 말인가
숲은 다시 무성해질 것이다
이곳의 포럼이 성공적으로 끝났으므로

난폭한 버스가 지금 막 이곳을 빠져나가고 있다

봄밤

당신 생각나기는 할까
뭐니뭐니해도 그 봄밤

노릇하게 데워진 바람의 무릎이
세상 모든 창을 타넘는 봄밤

당신 이 언약 알기나 할까
막 뛰어내리고 싶은 망루에 서서

가끔 당신을 읽다가
가끔 당신을 덮다가

나 아직 한 번도 가지지 못한 당신
내 코끝을 지나갈 때

당신을 넘기는 내 손가락
자꾸 바스러지던

점점 녹슬어가던 봄밤

4부

누워서 듣는 소리

목을 매다

이런 식으로는
이러해서는,
안 된다
언젠가 나는
내 몸이 내 몸을 뚫고
지나갈 것임을 알고 있다
빚이 오는 그 순간
나는 잠깐 어두워질 것이다
그리고 긴 한숨을 쉬며 말하겠지
네가 올 줄 알았다고
결국 너일 줄 알았다고
괴물처럼 울부짖을 것이다
모든 빚들이 나를 막아서고
모든 빚쟁이들이 문 앞에 줄을 설 것이다
그때 나는 천천히 줄을 당겨서
모두 다 정리됐다는 듯
묶인 줄의 매듭을
다시 힘껏 조일 수밖에
공중에 매달린 나를 보고
웃어줄밖에
이런 식으로는
이러해서는 안 되는 날이,
결국엔 오고야 말 것이다

그 누구도 아닌 내가
나와 함께하는 날이 많아질 것이다

의자

나는 자주 자리를 비운다
의자로부터 가장 멀리 떨어져나와

멀리 빈자리를 바라보면
그 자리에 누군가 또 앉아 있다

목이 쉰 채
주인을 기다리는 개처럼
누군가를 기다리고 있다

나는 나로부터 결국 버림받을 것이다
그것도 아니라면
나는 누군가를 불러 세울 것이다

불러 세운 이가 만약 내가 아니라면
나는 지금까지의 그 누구도 아닌 것이다

의자는 한동안 비어 있다
나는 자주 자리를 비운다

나라고 부르는 것으로부터
가장 멀리 떨어져나온 지금,

그러니 거기 앉은 나여

이제는 제발
나를 부르지 말아다오

유언

가족이 없는 그에게 가족을 부탁한다고 편지를 썼다
들어줄 수 없다고, 가족이라곤 나밖에 없다고
그가 답장했다

김씨네 재실로 자신을 데려다줄 수 있느냐고
버스를 탄 늙은이가 운전수에게 물었다
자기도 김씨 성을 가졌지만 김씨 재실엔 절대 가지 않는
다고,
원래 가지 않은 길은 가지 않는다고 운전수가 말했다

길가 봄꽃들이 아무리 만발해도
보지 않으려 애쓰면 보이지 않는다네,
늙은이가 귓속말로 나에게 속삭였다 점점 짧아지는 여자
애들의 치맛단이
정말 보이지 않아 다행이었다
건강염려증이 더 심해지는 사월이었다

가족이 없는 그에게 가족을 부탁한다고
다시 편지를 보냈다
떠넘기지 말라고
나에게도 가족은 당신뿐이라고
그가 답장했다

어제는 하얀 개가 검은 개를 낳았다
어미에게 다리를 물린 검은 개는
결국 오늘 죽었다
내일이 아버지 기일이라고
억지 좀 부리지 말라고
그가 나를 타일렀다

그녀에게 대처하는 방식

그녀는 이곳에 오래 숨어 지냈다
누구에게도 들키지 않으려고
그녀는 혼자만의 방을 썼고
혼자 생리대를 사러 나갔고 밥을 먹었다
그녀가 할 수 있는 단 한마디의 말은
오직 미안하다, 뿐이었다
그녀는 가족을 잃은 사람들에게 미안해서
너무 미안해서 숨어 지내는 중이다
그녀는 원래 즐거운 사람이었다
열심히 일하는 이들을 만나거나
잘 웃는 사람을 만나는 게 취미였다
매달 거르지 않고 저축을 하고
매일 저녁 조깅도 하며
한탕 유혹에도 빠지지 않았다
그러던 그녀가 한순간 모든 것을 잃었다
어느 날 저녁,
죽은 아이들이 살아 있다고
모든 아이들을 자신이 데리고 있다고
그녀는 텔레비전에 나와서 거짓말을 둘러댔다
이제 누구도 그녀의 말을 믿지 않는다
그녀는 아직 미혼이고 아름답지만
아무도 그녀에게 청혼하려들지 않는다
저녁에 참을 수 없는 생리통이 오면 그녀는

바닷물에 자신의 음부를 씻으며
미안해 미안해 하고 운다.
그녀는 단 한 명의 가족도 남겨두지 않았다
그녀는 모든 아이들을 사랑했다
굳이 말리지는 않겠지만
누군가 그녀를 만나러 이곳에 오려 한다면
그녀에게 대처하는
그녀만의 방식을 알아야 한다
그녀만이 그것을 알고 있다
그 누구도 그녀를 대신해서
미안해할 수 없다

누워서 듣다

누워서 듣는 소리는 어떤 나라의 말도 아니지

오층에서 쓰레기 떨어뜨리는 소리
지나가는 여자가 도투마리 꽃을 어루만지는 소리가
어떤 나라에 속하지 않듯;

그가 하늘색 자전거를 타고
이곳에 도착하고 있다

기타를 둘러멘 메카트니처럼
junk, junk, 소리치며
한 무더기의 꽃말을 내 방에 부려놓았다

나는 넘어지지 않으려고
기다랗게 방안에 누워서 바닥을 꼭 붙들고 있었다

아버지, 아버지는 저 소리가 들리지 않으세요

나는 내가 누군지 아무도 알아듣지 못하도록
혼자 중얼거리고 있었다

누군가 밖에서 나를 자꾸 부르고 있었다

벌거숭이 새

새 한 마리
유리창에 부딪혀 나동그라졌다

짧은 순간이었지만
그때 나는 새의 알몸을 보았다

유리창에 찍힌 한 줌 먼지가
자꾸만 유리를 통과하려 애쓰는 중이었다

나는 천천히 소파에서 일어나
거기에 손을 가져다댔다

만져지지 않는 새의 부리가
창밖에서 재잘거리고 있었다

벌거숭이 새를 보았다
새가 벗어놓은 한 벌 창공이 나를 감쌌다

발정기

단지 오 볼트의 충전이 필요해
집에 닿기까지
오 볼트의 전하가 필요할 뿐이야 콘센트;
양 갈래의 다리가
집중할 수 있는 시간
하릴없이 내가 이 세상에 온 거라 생각해?
어찌 되었건 모든 게 잘된 일이야
어디든 도착할 수 있는
광활한 구멍이 필요해
지금은 모든 것들의 발정기
쭈그리고 앉아 쓰는 일기
라이나 생명에서 담보 잡아주는 생과
감성이 묻어나는 93년식 노멀 차에 대해
우리는 쓰지 콘센트;
단지 오 볼트만으로
아주 먼 구멍으로부터 방금 당도한 냄새
가령 네 곁에 누운 돌덩어리
애타는 밤의 바람 소리
휘어지는 나무와
한껏 물오른 별들
삼켰다가 내뱉은 것들의 목록에 대해 쓰지
그때 우리는 비닐봉지를 열어
안에 든 것을 꺼내 먹었지

저 봉지는 어쩌다
유인원의 손에 들리게 되었나
다 봤던 풍경과
다 먹었던 음식과
다 만났던 사람
다 머물렀던 방
다 들었던 음악
다 읽었던 글에 새겨진
다시 돌아오지 않으리라는 다짐
한고비 넘을 때마다
지긋지긋했던 각오
집집마다 불 꺼지는 저녁처럼
혹시 우리는 이미 다 살아버린 건 아닐까
괜히 두려워할 필요는 없어
모든 것들의 발정기엔
단지 오 볼트의 전하가 필요할 뿐이지
기차는 이미 도착했고
우리는 네 앞에 도착했어 콘센트:
양 갈래의 다리를 벌려서
끝없이 이어지는 구멍에게 목숨 내어줄 뿐

곱슬머리

대합실을 두리번거리는
부랑자들이 그렇듯

케냐의 평원을 달리는
흑인종들이 그렇듯

제 속을 파고들어가는,

곱슬머리는 대게 그런 이들만 가졌다

노룽 노룽*
곱슬머리 아이들이 태어난다

* 노룽: 아프리카 토착민의 돌림노래.

개화

    봄날 꽃들의 속내를 나는 알지 못하지 머리에 꽃을 꽂은
여학생이나 커리 냄새를 풍기며 꽃나무 아래 앉은 이주노동
자들이 들뜨는 이유에 대해서 지금껏 한 번도 의문을 품은
적이 없지 그것은 그저 즐기는 일에 불과한 것이라서 내가
지금 꽃나무 아래 앉은 그녀를 유혹하려는 일이 그러하듯
이, 그것은 지나치게 통속적이거나 분분히 꽃이 피거나 지
는 그렇고 그런 일이라네 그래서 나는 이제 꽃의 속내와 같
은 위험한 생각은 잊기로 했네 단지 오답의 형식을 지닌 수
많은 숭고함에 대해 꽃처럼 맞서기로 했지 내가 먹었던 음
식의 맛을 나만이 알듯 음식 스스로가 제맛을 모르듯 내가
나의 맛을 도무지 알 수가 없듯, 꽃들은 자기가 피는 제 속
내를 알기나 할까 모든 것이 갑자기 여기로 왔네 나는 아무
도 모르는 사이에 활짝 펴서 꽃피는 나무를 바라보네

마당 가득히

비 맞으려고 마당에 나왔는데, 비가 이미 와 있다

오늘은 똥이나 주워먹을 작정으로
어제 눈 똥을 한참 찾고 있는데,
마침 비가 그쳤다

월령 12개월이면 이제 임신도 할 수 있다
여름이 오면 몇 마리의 새끼를 낳을지 생각하다가
방금 내가 눈 내 똥을 찾아냈을 때,
다시 비가 와 있다

아이들이 태어나면 어쩌나
주인이 아이들을 팔아넘기면 어쩌나 생각할 때,
갑자기 비가 그쳤다

비는 자꾸 오기만 하면 뭐하나
비는 내가 가닿고 싶은 곳에서 오는 차가운 기별,
킁킁거리며 똥냄새에 한창 빠져 있을 때,

주인놈이 갑자기 마당으로 뛰어나오며 마구 짖어댔다
이놈의 개새끼가 비를 쫄딱 맞더니 미쳤나 똥이나 처먹고

가죽이 너덜너덜해질 때까지 두드려 패듯,

마침내 비가 오고 있다

오, 마당 가득 진력하라 빗소리

봄

묵은 밭이나 습한 논이 온종일 뿜어내는
믿을 수 없지만
흙이 다른 흙을 빌려와 옆집으로 이사 가는

짐을 부려놓기도 전에 다시 짐을 싸야 하는 일을 앞두고
방금 이사 온 집을 가만히 바라보는

어떻게 이런 일이 있을 수 있을까?

누군가 한 손에 쥐었다가 펴 보이면서
땅강아지나 지렁이 따위가 삼켰다가 뱉어내는 것을
다시 보여주는

한 움큼 집어 입속에 말아넣으면
죽은 것들도 살아날 것만 같은

진짜 그럴듯한 말

누구나 아는 말

그 말에는
그 말의 냄새가 나지
오래 묵은 젓갈같이 새그러운

그것은 구걸의 한 양식
그것은 마치
몹시 배가 고플 때
내가 나에게 속삭이는 말과 비슷해서

그 말은
냄새의 한 장르이기도 한데

여름날 내가 바닷가에 누웠을 때
햇빛이 내게 오는 것과 비슷한 일이거나
피부가 알아들을 수 있는 속삭임 같기도 해

묻지 않아도 아는 건 아무도 묻지 않듯이
그게 어떤 냄새인지 누구나 알듯이

너를 사랑해

팬지

비를 기다리며 팬지를 심었지 흙의 자물쇠를 따고
나는 팬지를 거기로 돌려보내지

팬지는 위로만 꽃, 아래는 흙의 몸뚱이를 가졌지
나는 꽃을 움켜쥐고 아래를 쓰다듬었지

나를 만진 건 당신이 처음이야

옛날이었지 말미잘처럼 붙어살던 때
거긴 아주 물컹한 곳이었고
토악질하듯 갑자기 쏟아져나왔던 순간과

처음의 빛으로 구워지기 시작했던,
빛의 날들을 우리는 생생히 기억하고 있지
팬지도 지금 그럴까

나는 수많은 팬지를 실어나르지
팬지는 색색의 여린 잎을 벌려 다른 나라의 말로 조잘거
리고
나는 그 나라의 말로 대답해주네

팬지를 심으며 나도 팬지라는 이름을 다시 얻고 싶었지
참 좋은 어딘가로 팬지와 함께 땅에 붙어서 가고 싶었지

팬지는 자꾸 줄어들고 있었네
하나둘 팔랑거리며 팬지는 내 손을 떠나갔네

어제

캄캄한 방에 앉아 있었다
그 방엔 나밖에 없었다
구석에서
인기척이 났다
그가 누군지 알 수 있었지만
나는 그를 모른 척했다
문을 잠그고 돌아서는 나를 향해
그가 말했다
이만하면 됐잖냐고
그만하라고
나는 무표정하게 앉아 있었다
이제 울 만큼 다 울었다
울고 싶은 건 하나도 없다고
굳이 꼽으라면
당신밖에는 당신밖에는 그리고
마지막으로
얼굴이 흠뻑 젖은 그가 말했다
그만하자고
나를 그만 용서하라고

해설

우울 발랄 그로테스크
이문재(시인)

"이것이 바로 민주주의 아래서 예언이 기억보다 큰 목소리를 갖는 이유이다. 이것이 바로 민주주의자들이 인간의 뿌리가 과거가 아니라 미래라는 것을 발견한 근거이다."

—로베르토 웅거

1. 우울하고 발랄한 타자-되기

우울, 발랄, 그로테스크. 이 세 의미의 조합은 원활하지 않다. 우울이 무거운 무기력이라면, 발랄은 가벼운 활력일 것이다. 그런데 우울과 발랄이 어우러지는 것만큼 심각한 마음의 질병도 흔치 않다. 우울증만 해도 당사자는 감당하기 힘들다. 우울의 끝은 자진(自盡)일 때가 많다. 발랄이 우울의 대척점에 있다면 이때 발랄은 조증(躁症)이다. 우울과 발랄의 교차가 조울증이다. 그런데 여기에 그로테스크라니.

우울과 발랄의 이합집산이 그로테스크한 형태로 드러난다고 해야 적절할 것이다. 우울한 그로테스크와 발랄한 그로테스크의 교집합은 원만하지 않지만, 그것은 스피디한 연쇄반응을 일으키며 난데없는, 낯선 시의 한 진경(眞景)을 그려낸다. 류경무의 시에서 우울-발랄은 적극적인 타자-되기에서 비롯한다. 물론 새로운 해석은 아니다. 시에서 타자와 동일시하려는 욕망은 천부적이기 때문이다. (무)의식

116

의 안팎에 타자가 없다면, 그래서 감각이 그것을 인지할 수 없다면 시는 존재할 수 없으리라. 시는 타자와 만나려는 근본 욕구이자, 과정이고, 표현일 것이다.

어떤 시가 다른 무수한 시와 차이를 만들어내는 근거는 한둘이 아니겠지만, 그중 하나가 시적 주체가 세계를 바라보는 관점일 것이다. 그런데 그 관점은 대상에 의해 구현된다. 시는 무엇을 보는가. 어떤 시가 남다르다면, 그 남다름의 원인은 대상에 있다. 가령 어떤 사람의 식성은 보이지 않지만, 그가 탐닉하는 음식은 우리 눈에 보이는 것과 같은 이치다. 보이는 것으로 보이지 않는 것을 호출하거나 반대로 보이지 않는 것으로 보이는 것을 호명하는 능력이 시가 가진 권능일 터. 물론 이 또한 새로운 정의가 아니다.

류경무 시의 화자는 우울하고 발랄한 방식으로 타자와 하나가 되려 한다. 그것도 적극적으로, 강렬하게. 그의 시는 봄과 같은 계절, 저녁과 같은 특정 시간을 배경으로 인간을 비롯한 온갖 동식물을 초청한다. 여기까지도 새로운 언급은 아니다. 시가 마중하고 배웅하는 사물은 말 그대로 우주적이다. 우주의 모든 구성물을 시는 모셔올 수 있다. 류경무의 시는 타자를 초대하되, 초대하는 방식, 그리고 초대해서 대접하는 방식이 특이하다. 가령 "한 아이가 긴 하품을 하며 돋아난다"(「새잎이라는 짐승」)와 같은 문장을 보자. 인간의 생리적 행위가 돌연 식물의 생장으로 전환된다. 변신이다. 그로테스크하지 않은가.

잠깐 그로테스크에 대해 짚고 넘어가자. 그로테스크의 기원은 반인반마처럼 인간과 동물을 자유롭게 결합하던 신화 시대로 거슬러 올라간다. 19세기 서양에서는 "부자연스러운 것, 보기 흉한 것, 일그러진 것, 기괴한 것에 대한 매혹"을 가리키다가 현대에 와서 이오네스코의 부조리극 또는 전복적 기능을 가진 바흐친의 민중 유머와 긴밀해졌다(『현대 문학·문화 비평 용어사전』, 조셉 칠더즈·게리 헨치 엮음, 황종연 옮김, 문학동네, 1999).

2. 시는 왜 자꾸 동물이 되려 하는가

봄날, 가지 끝이나 땅의 거죽에서 새싹을 밀어올리는 식물은 신비롭다. 전혀 부정적 이미지를 발산하지 않는 생명 현상이다. 하지만 그것이 신체와 연결되면 사정이 달라진다. 토끼풀이 귓속에서 자라나 귀 밖으로 꽃을 피워내는 모습을 떠올려보라. 머리에서 금잔디가, 겨드랑이에서 질경이가, 엉덩이에서 망초가…… 이런 사태는 우리 현대 시에서 낯익지 않다. 다음에 인용하는 시는 앞에서 잠깐 언급한 「새 잎이라는 짐승」의 첫 연이다. 제목에서부터 이종교배가 일어나고 있다. 첫 연을 함께 읽어보자. 낯선 장면이다.

　　한 아이가 긴 하품을 하며 돋아난다

솟구친다 사자처럼,
—쫓기는 가젤처럼 솟아오르는 새잎이라는 짐승

아이는 순식간에 인간–식물이었다가, 다시 한 몸–두 동물(사자–가젤)이었다가, 다시 식물–동물로 돌아간다. '발랄'의 미학이 역동적으로 구사되고 있다. 하지만 화자는 바로 '우울'한 어조로 중얼거린다. "너무 푸르러서 슬플 때도 있었지 아마?" 역설적 우울 모드는 세 행을 지나 "제가 제 모가지 툭 자르고 싶은 새잎들"이라는 비관적 톤으로 이어진다. 시에는 가젤처럼 쑥쑥 자라나지만, 사자에게 쫓길 수밖에 없는 어린아이(아마 제 자식일 것이다)에 대한 어찌할 수 없는 연민이 진하게 깔려 있다. 먹이사슬의 최상층에 있는 사자, 사자의 밥인 가젤, 가젤의 밥인 풀. 놀라운 것은 어린아이가 동물과 식물에 걸쳐 있다는 것이다. '새잎의 짐승'. 그러니까 어린아이는 사자와 가젤 모두에게 '밥'이다. 두 동물에게 동시에 먹이가 된다.

시의 화자는 "앞으로 뭘 먹고 살아야 할지"라고 추궁하는 아내에게 답을 줘야 하는 남편이자 가장이다. (시집 곳곳에서 출몰하지만) 이 남편–가장은 주류에서 밀려난 무기력한 존재다. 하지만 대단히 예민한 자의식을 가졌다. 독백과 대화가 어우러지는 가운데, 하품을 하는 아이를 바라보며 낮술에 취한 '나'는 "그만하자"고 말한다. 이쯤에서 시의 공간은 약육강식이 지배하는 아프리카 대초원과 다를 바 없어진다.

그 누구도, 그 어떤 생명도 먹이사슬로부터 자유로울 수 없다. 우리는 아주 짧은 순간 사자이다가, 적지 않은 시간 가젤이고, 더 많은 시간을 지의류(地衣類)로 살아간다.

이번 시집에서 동물은 다양하다. 앞에서 살펴본 사자와 가젤 외에도 고양이, 고라니, 개, 파리, 개구리, 두더지, 종달새, 꽃게, 소, 야크, 양, 말, 닭, 나비, 달팽이, 표범, 새끼곰, 누, 악어, 지렁이, 땅강아지 등등 생태공원 수준이다. 식물 목록도 이에 버금간다. 종의 다양성을 말하려는 것이 아니다. 동물에 대한 태도다. 류경무의 시는 동물들에 대해 섣부른 이분법을 동원하지 않는다. 예컨대 로드 킬을 말할 때, 인간=악, 동물=선이라는 낮은 수준의 도식을 사용하지 않는다. 이런 이분법으로는 동물-타자가 될 수 없다. 이때 동물은 '선'이라는 차단막 밖으로 밀려나고, 동시에 인간은 '악'이라는 하나의 개념으로 추상화된다. 이런 이분법은 추상화의 폭력이다. 류경무의 동물-되기가 우리의 안이한 동일시에서 얼마나 멀리 나아가고 있는지 확인해보자. 그의 시는 완고한 인간 중심주의로부터 등을 돌려, 동물 자신이 되어 있다.

1)
불어터진 구더기떼 고라니 한 마리
냄비밥처럼 척,
길 바깥에서 끓고 있다

(……)

죽어서 참 다행이다, 라고 말하며
냄비 뚜껑 들썩이며
한껏 끓어넘치는 미소를 스윽 날려준다

우리는 어차피 다 익은 밥이라서
이제 이곳에서 그만 뒹굴어도 된단다
                              —「한 번도 본 적 없는」부분

2)
아이들이 태어나면 어쩌나
주인이 아이들을 팔아넘기면 어쩌나 생각할 때,
갑자기 비가 그쳤다

비는 자꾸 오기만 하면 뭐하나
비는 내가 가닿고 싶은 곳에서 오는 차가운 기별,
쿵쿵거리며 똥냄새에 빠져 있을 때,

주인놈이 갑자기 마당으로 나오며 마구 짖어댔다
이놈의 개새끼가 비를 쫄딱 맞더니 미쳤나 똥이나 처
먹고

　동물의 마음을 이렇게 직접적으로 들어본 적이 있던가. 동화나 우화가 아닌, 우리 현대 시에서 자동차에 치여 죽은 고라니나 임신을 앞둔 암캐의 '육성'을 이토록 경청한 적이 있던가. 동물의 목소리도 목소리지만, 거기에 담겨 있는 메시지가 심상치 않다. 도로에서 비명횡사한 고라니는 '그깟' 인간을 탓하지 않는다. 급작스러운 죽음을 안타까워하지 않는다. 구더기들에 의해 자연으로 회귀하는 고라니는 오히려 미소를 짓는다. 자신의 죽음을 '수승(殊勝)한 죽음'으로 받아들인다. 자신의 주검이 누군가에게 "다 익은 밥"이기 때문이다. 1)에서 고라니는 제 몸을 태워 공양물로 바치는 수행승의 반열에 올라 있다. "이곳에서 그만 뒹굴어도 된단다"라는 고라니의 말은 선승(禪僧)의 게송으로 들린다.
　2)에서 인간과 동물의 관계는 자칫 범속한 수준으로 떨어질 뻔했다. 마당에서 키우는 개가 "어제 눈 똥"을 먹기 위해 어슬렁거리면서 '생활'을 걱정한다. 여기까지는 평범한 알레고리다. 인용한 시의 세번째 연에서 동물 – 되기가 새로운 차원으로 격상된다. "주인놈"이 "마구 짖어댔다"는 것이다. 주인이 소리를 쳤다거나 빗자루를 들고 마구 팼다고 썼다면, 우리는 통쾌함을 경험하지 못했으리라. 개처럼 짖어대는 인간의 말을 다시 인간의 말로 돌려주기. 이것이 동물 – 되기가 갖고 있는 위력 중 하나일 것이다.

타자-되기는 섣부른 감정이입이나 의인화가 아니다. 대상 그 자체가 되는 것이다. 그런데 대상-되기에서 멈추지 않는다. 한 단계가 더 있다. 대상 그 자체가 되었다가 다시 대상을 '대상화했던 나'로 귀환한다. 류경무 시의 동식물-되기는 결국 인간-삶의 안쪽을 더욱 깊이 들여다보기 위한 적극적 전략이다. 그의 시는 삶을 살아내는 시라고 말할 수 있다. 시와 삶이 일체가 되었다가 분리되고, 분리되었다가 일체가 되기를 거듭하면서 그의 시는 삶의 안팎을 입체화한다.

3. 시장전체주의와 '두번째 생일'

타자-되기도 어렵지만, 타자-되기를 수행했다고 해서 타자의 정치가 완성되는 것은 아니다. 타자-되기의 궁극은, 이 또한 새로운 견해가 아니지만 '타자의 타자-되기'일 것이다. 피안으로 건너가는 것에서 그친다면, 피안으로 가서 이쪽으로 등을 돌려버린다면 그것은 절반의 성취에 불과하다. 저쪽에서 등을 돌려 다시 돌아와야 한다. 강을 건너가서 강의 이쪽을 본 다음, 다시 강을 건너 이쪽으로 돌아오는 과정을 우리는 재탄생이라고 부를 수 있을 것이다.

'죽어라, 그대가 죽기 전에'라는 이슬람 수피즘의 강령은 진리에 가깝다. 죽기 전에 스스로 죽지 않으면, 태어나 죽을 때까지 생물학적 존재를 벗어날 수 없다. 동물로 살다가 가는 것이다. 죽기 전에 죽는다는 것은 본능을 주인으로 하는 동물의 차원에서 스스로 벗어나는 것을 의미한다. 죽기 전에 죽는다는 것은 스스로 '내 안의 나'를 찾아낸다는 것. 그래야 동물에서 인간으로 승격한다. 나는 이 결정적 순간(들)을 '마음의 성년식'이라고 불러왔다. 정신적 성숙을 치러내지 못한 생명은 첫번째 생일 하나만 가진 동물에 불과하다. 게다가 그 생일은 자기가 만든 것도 아니다. 두번째 생일이 진정한 생일이다. 자기가 만든 생일이기 때문이다. 두번째, 세번째 생일을 만들어내는 인간이 진정한 인간이다. 적극적으로 재탄생하는 주체적 인간.

죽기 전에 죽기는 나의 나―되기이자, 나의 타자―되기일 뿐만 아니라 타자의 타자―되기까지 포괄한다. 이처럼 나의 타자―되기는 '나―너―새로운 나'로 이뤄지는 세 단계의 전환(승화라고 해도 좋을 것이다)으로 이뤄진다. 그리고 이 전환은 '나―너―새로운 나―새로운 너'라는 선순환 구조로 자체 생명력을 갖는다. 시인은 지금―여기를 "이 우주에서 가장 편협한 이곳"으로 인식하면서 자기가 잘못 도착했다고 뇌까린다(「어쩌다 아주 가끔」). 자신을 포유류에서 멀리 떨어뜨려놓는가 하면(같은 시), 복수를 삶의 이유로 삼거나 "아무것에게나/ 붙어먹기 위해" 연명한다고 자조하기도 한다(「추문」).

이런 자기 정체성이 자신의 생과 친화할 리 만무하다. 하

지만 시인은 자신의 안팎을 황폐화시키는 시장전체주의를
섣불리 공격하지 않는다. 그래서 '아무도 나를 용서할 수 없
다'는 진술은 '나를 용서할 것인지에 대한 여부는 전적으로
내게 달려 있다'는 도저한 선언으로 들린다. 고통스러운 상
실의 원인을 일단 자기 안에서 찾으려 한다. 그래서 스스로
를 용서할 수 없다. 자기 자신을 용서할 수 없을 때, 앞에
놓인 선택지는 둘밖에 없다. 스스로를 죽이거나, 스스로에
게 죽거나. 아니나 다를까, '나'는 스스로 죽는다. 「데드맨」
1~2연이다.

　　이 향기는 어디서 오는가
　　누가 읽어주는 경전인가

　　나는 지난 유월에 죽은 사람
　　이미 이곳에 없는 사람

　「데드맨」의 자진은 「에게 해의 비유」에서 아버지의 환생
("나는 다시 이곳에 태어났고 처음으로 해변에 도착했다")
으로, 다시 「목을 매다」에서 과격한 양상으로 드러난다. 이
제 외부 요인이 드러난다. 「목을 매다」에서 화자로 하여금
스스로 목을 매게 하는 원인은 빚이다. 모든 빚쟁이들이 삶
을 포기하라고 강요한다. 빚쟁이가 누구인가. 우리로 하여
금 빚을 지게 하는, 빚을 지지 않으면 한순간도 삶을 부지할

수 없게 만드는 자본주의가 아닐 것인가. 자본주의가 세계다. 세계인 자본주의가 우리의 내면 깊숙이 들어와 있다. 우리의 신분은 분명하다. 시장전체주의의 피지배자.

　류경무의 시는 시장전체주의(자본주의 대신 시장전체주의라고 쓰자)를 배경으로 할 때 의미심장해진다. 그의 시에서 '나'는 국민이나 시민, 개인이 못 되는 소비자다. 그것도 빚으로 연명하는 채무자로서의 소비자. 빚쟁이로서의 소비자가 최후의 인간이자 최하의 인간이며, 최소의 인간이다. '돈'에 영혼을 빼앗겼으면서도 '돈'밖에 모르는 괴물이 소비자다. 그런데 「목을 매다」에서 경제적 괴물로서 생의 벼랑에 몰린 '나'는 놀라운 전환을 맞이한다. 끝에서 돌아서면, 거기가 맨 처음이다. 타의에 의해 삶을 접지만, 삶을 접은 덕분에 새로운 삶, 즉 "내가/ 나와 함께하는" 두번째 생일의 주인으로 거듭난다. 역설적 재탄생이다.

　　언젠가 나는
　　내 몸이 내 몸을 뚫고
　　지나갈 것임을 알고 있다
　　빛이 오는 그 순간
　　나는 잠깐 어두워질 것이다
　　그리고 긴 한숨을 쉬며 말하겠지
　　네가 올 줄 알았다고
　　결국 너일 줄 알았다고

괴물처럼 울부짖을 것이다
모든 빚들이 나를 막아서고
모든 빚쟁이들이 문 앞에 줄을 설 것이다
(……)
이런 식으로는
이러해서는 안 되는 날이,
결국엔 오고야 말 것이다
그 누구도 아닌 내가
나와 함께하는 날이 많아질 것이다

"그 누구도 아닌 내가/ 나와 함께하는 날이 많아"지는 삶
이 재탄생 이후의 삶이다. 이쯤에서 류경무의 시는 다른 차
원으로 이동한다. 타자-되기가 자아의 단순한 동일시의 수
준이 아니라는 것이다. 그의 동식물-되기가 섣부른 생태주
의나 정신주의의 차원이 아니라는 것이다. 시집을 일독한
독자라면 몇몇 대목에서 맥박이 빨라졌으려니와, 시의 주체
는 남루한 생의 현장에서 고통스러워하는 잉여-루저일 때
가 많다. 시장전체주의로부터 배제된 존재, 시장에서 부재
함으로써 존재하는 이상스러운 존재.
　우리의 구체적 삶이 이뤄지는 장소는 거기가 어디든 시장
전체주의의 한복판이다. 시장에는 외곽이 없다. 시장전체주
의는 자신의 변방, 예컨대 옥탑방이나 고시원 같은 도시의
극지에서, 또 불법 체류자나 소수자와 같은 배제된 존재 앞

에서 더 강력하고 더욱 악랄하다(나는 지금 류경무의 시를 '확대 해석'하고 있다). 류경무의 시는 시장전체주의의 모든 한복판－변경에서 겨우 목숨을 부지하는 소시민의 날카로운 비명이다. 자본주의의 맨 끝에서 자본주의를 벗어나려는 안타까운 몸부림이다(그렇다고 「미냥」「환승 주차장에서」「흰 밭」「달과 함께라면」과 같은 '둥근 상상력'을 제쳐두자는 것은 아니다). 그의 시가 "나는 자주 자리를 비운다"라고 말할 때, 그의 시는 경제적 괴물 너머에 있는 '나－인간'을 그리워하는 것이다. 지금과는 다른 세상을 꿈꾸는 것이다. 「의자」를 읽어보자.

    나는 나로부터 결국 버림받을 것이다
    그것도 아니라면
    나는 누군가를 불러 세울 것이다

    불러 세운 이가 만약 내가 아니라면
    나는 지금까지의 그 누구도 아닌 것이다

    의자는 한동안 비어 있다
    나는 자주 자리를 비운다

    나라고 부르는 것으로부터
    가장 멀리 떨어져나온 지금,

그러니 거기 앉은 나여

이제는 제발
나를 부르지 말아다오

　이제 '자아'를 '주체'로 바꿔 읽어야 한다. 자아가 심리적
맥락에서 존재하는 것, 즉 내가 인식하는 나의 이미지라면,
주체는 사회적 맥락에서 활동하는 그 무엇이다. 이 또한 널
리 알려져 있거니와, 주체는 사회적으로 호명되지 않으면
출현하지 않는다. 자아는 '내 안의 또다른 나'와 관계하고,
주체는 타자와 관계한다. 어린 시절 아버지에게 당한 폭력
을 떠올릴 때마다 위축되는 감정이 자아의 몫이라면, 시리
아 내전을 피해 지중해를 건너는 난민 가족을 보며 '힘의 논
리'에 분노하는 마음은 주체의 몫일 것이다. (조금 더 깊이
들어가면 자아와 주체의 경계는 모호해진다. 내 안에 독자
적으로 존재하는 것이 과연 있을 수 있을까. 불교 경전이나
빅뱅 이론을 동원하지 않더라도 그것은 자명한 사실이다.
나는 내가 아닌 것으로 구성되어 있되, 나를 나이게 하는 것
을 인정하지 않고서는 '나'를 유지하기 힘들다. 굳이 규정하
자면 나라는 것은 나와 나 아닌 것 사이에서 끊임없이 부유
하는 그 무엇일 것이다.)

4. 모든 진정한 주체는 '나쁜 주체'

　모든 진정한 주체는 '나쁜 주체'라는 흥미로운 견해가 있다. 앙드레 고르는 젊은 시절 사르트르를 연구한 알렌 투렌을 인용하며 '나쁜 주체'가 갖고 있는 래디컬한 성향을 옹호한다. "(투렌은 이렇게 말했습니다) '주체는 항상 나쁜 주체, 즉 권력과 규칙에, 전체적 기구로서의 사회에 반항하는 주체다'라고요. 그러므로 주체의 문제는 도덕의 문제와 같은 것입니다. 그 문제는 윤리학과 정치학의 토대에 있습니다. 왜냐하면 그것은 필연적으로 지배의 모든 형태와 모든 수단, 즉 인간으로 하여금 주체로서 행동하지 못하게, 자신의 개별성을 공통 목적으로 삼아 자유로이 활동하지 못하게, 자신의 개별성을 활짝 피어나지 못하게 방해하는 모든 것을 문제 삼기 때문이지요."(앙드레 고르, 『에콜로지카』, 임희근·정혜용 옮김, 생각의나무, 2008)

　류경무 시의 주체는 모든 좋은 시의 주체가 그렇듯이 '나쁜 주체'다. 시장전체주의 혹은 산업 문명으로 대표되는 전체가 우리의 독자성을 발현하는 데 도움을 준다면 주체는 좋은 주체, 착한 주체일 것이다. 하지만 불행하게도 모든 권력은, 모든 사회는 개별적 인간을 억압한다. 낯익은 이야기지만, 우리는 사회가 용인하는 것을 의식으로 삼고, 사회가 수용하지 않는 것을 금기로 여긴다. 금기가 모여 무의식이라는 거대한 용광로를 만든다. 문제는 우리가 의식만으로는 살아갈 수 없다는 것이다. 태어나면서부터 억압해온 무의식이 콤플렉스의 형태로 우리를 괴롭힌다. 더 큰 문제는 무의식이 우리의 의식에게 자기 얼굴을 다 보여주지 않는다는 데 있다. '나쁜 주체'로서 시인에게 주어진 책임이자 권한이 개인의 무의식과 사회적 무의식을 발견하는 데 있을지도 모른다.

　　오디가 익는 계절이 와서
　　모든 새들이 일제히 검은 똥을 쏟아낼 때
　　나도 그만 정착할 것이다
　　나의 정치적 견해도 그때 밝혀질 것이다
　　방금 거대한 공간으로 쏟아져나온 핏덩이 톰슨가젤이나
　　무리를 놓쳐버린 어린 누,
　　풀숲에 숨어서 어미를 기다리는 표범의 새끼와 작은 새들이 바로 그것이다

　　하지만 지금은 살아 있는 모두에게 특별한 순간
　　누가 어찌 되었든 서로에게 무슨 상관이란 말인가
　　숲은 다시 무성해질 것이다
　　이곳의 포럼이 성공적으로 끝났으므로

　　난폭한 버스가 지금 막 이곳을 빠져나가고 있다
　　　　　　　　　　　　　　　　　—「특별한 순간」 부분

"특별한 순간"을 특이점(singularity)으로 읽는 것 또한 과도한 해석일지 모른다. 특이점이란 임계점과 흡사한 개념이다. 특이점을 기준으로 이전과 이후의 세계는 판이하게 달라진다. 한마디로 혁명적 순간이다. 하지만 아무도 그 특이점의 순간을 예측할 수 없다. 특이점은 '진리적 사건'이라고도 말해진다. 세계를 바꾸는 진리적 사건 또한 사후에만 판명된다. 위 시에서 "특별한 순간"은 특별하지 않다. 위 시의 주체는 "매일 쫓기면서 겨우 연명"한다. 그러니 "이곳에서는 살아 있어도 살아 있는 것이 아니"다. 이런 곳에서 "내가 꾸는 꿈은 늘 같은 꿈이고 잠은 늘 선잠이다". 그런데 이런 삶의 주체가 "정치적 견해"를 밝힌다. 그것이 특이점 이후의 세계는 아닐 것인가.

특이점 이후의 세계란 식물이 열매를 제대로 맺고, 그것을 동물이 먹고 잘 배설하는 세계다. 이 얼마나 단순한가. 하지만 시장전체주의가 이 단순한 순환 고리를 끊어버리고 말았다. 식물은 제대로 성장하지 못하고, 인간을 포함한 동물은 제대로 자라난 먹이를 먹을 수 없다. 땅과 물, 공기가 심각하게 훼손되고 있다. 우리가 한곳에 정착하지 못하고 떠돌아야 하는 근본 원인 중 하나가 이 때문이다. 환경 난민은 본질적으로 자본과 권력이 만들어낸 난민이다. 결국 모든 난민은 인재에 의한 난민이다. 우리는 이제 지구에 거주하지 못한다. 우리 대부분은 경제 재난과 자연 재난 사이에

일시적으로 머무는 거류민인지도 모른다.

　시가 제시하는 정치적 견해란 방금 태어났거나 무리를 잃어버린 초식동물, 어미를 기다리는 포식자의 새끼, 작은 새들로 이뤄진 세계 너머에 있다. "누가 어찌 되었든 서로에게 무슨 상관이란 말인가"라는 탄식은 방관에 가까운 아이러니일 것이다. 왜냐하면 인간이 어찌하든 곧 "숲은 다시 무성해질 것이"기 때문이다. 다시 무성해지는 숲이 '나쁜 주체'가 선잠을 자면서도 매번 꿈꿔오던 바로 그 꿈의 현실태가 아닐까. 그렇다면 우리는 "난폭한 버스가 지금 막 이곳을 빠져나가고 있다"는 진술을 특이점의 도래에 관한 시적 예언으로 이해해도 무방할 것이다.

5. 미래를 기억하는 것이 예언이다

　특이점을 예측할 수 없다고 해서 특이점을 꿈꿀 수 없는 것은 아니다. 예측할 수 없기 때문에, 그 순간이 언제 어디서 나타날지 모르기 때문에 우리는 더더욱 예비해야 한다. 위 시 중반부에 다음과 같은 구절이 있다. "그렇다고 해서 모두들 소중한 것을 잃어버리지는 않았겠지/ 누구에게든 추억을 기리는 날이 어김없이 당도할 테니까". 그렇다. '오래된 미래'가 엄연한 사실이듯이 우리의 미래는 우리의 기억으로부터 출발한다. 한걸음 더 나아가보자. 시인이 '나쁜 주

체'라는 명제에 동의한다면, 우리는 기꺼이 한 발 더 내디
딜 수 있다. 우리의 뿌리가 과거에 있지 않고 미래에 있다는
도발적 상상력을 제출한 법철학자가 있다. 급진 민주주의자
로베르토 웅거. 그가 이렇게 말했다.

현재 사회와 문화 속에 있거나 있을 수 있는 것보다 더
많은 것이 항상 우리(인류로서의 우리와 개인으로서의 우
리) 안에 존재한다. 그것들이 우리를 형성한다. 사회와 문
화가 우리 실험주의의 기회를 배가시키고 그 도구를 강화
시킨다면, 사회와 문화를 더 기꺼이 지속적으로 변혁시킬
수 있다. 우리의 가장 큰 관심사는 사회와 문화를 미래 앞
에 열어두고, 자체적으로 수정의 기회를 확보하도록 이
를 조직하는 것이다. 이런 관심은 민주주의 아래서 최고
의 가치를 발휘한다. 왜냐하면 민주주의는 보통 사람들이
사회질서를 다시 상상하고 쇄신할 수 있는 능력을 부여하
기 때문이다. 이것이 바로 민주주의 아래서 예언이 기억
보다 큰 목소리를 갖는 이유이다. 이것이 바로 민주주의
자들이 인간의 뿌리가 과거가 아니라 미래에 있다는 것을
발견한 근거이다.
—로베르토 웅거, 『주체의 각성』, 이재승 옮김, 앨피 펴
냄, 2012

시를 확대 해석 하느라 시에서 너무 멀리 나왔는지 모르

겠다. 하지만 시인이 나쁜 주체이고, 나쁜 주체의 꿈이 자기 개별성을 스스로 실현하는 데 있다면, 우리는 우리를 경제적 괴물로 전락시키는 시장전체주의와 정면으로 맞서야 한다. 우리의 실존이 이토록 비루하고, 이토록 비루해서 독자성은커녕 미래조차 꿈꿀 수 없다면, 우리는 결단을 내려야 한다. 앞에서 말했듯이 죽기 전에 죽어야 한다. 죽어서 다시 태어나야 한다. 각자 두 번, 세 번 생일을 만들어내야 한다. 두번째 생일은 '자아'의 문제만이 아니다. 자아만으로는 사회적으로 실존할 수 없다. '주체'로서 두번째, 세번째 생일을 만들어내야 우리는 사회적 존재로 거듭날 수 있다.

문제는 민주주의다. 우리 일상적 삶의 모든 문제가 실은 정치와 맞닿아 있다. '보이지 않는 손'은 시장이라기보다 시장에 휘둘려 직무유기하고 있는 정치인지도 모른다. 정치가 '좋은 정치'로서 제 역할을 다한다면 시장전체주의기가 이렇게 무지막지하지는 못할 것이다. 바우만이 말했듯이 정치가 자신의 권력을 시장에게 빼앗기고 말았다. 물론 시 쓰기에는 민주주의가 필요 없을 것이다. 하지만 시 쓰는 사람은 물론 시를 읽는 사람의 구체적 삶이 이토록 참담하다면 그 원인을 시 바깥에서 찾아야 한다. 시장에 의해 변질되는, 시장 권력에 투항하는 정치와 민주주의를 예의 주시해야 한다. 부도덕한 정치, 무기력한 민주주의를 '나―우리의 문제'로 끌어들여야 한다.

나는 시인이야말로, 웅거가 위에서 말한 진정한 민주주의

135

자라고 생각한다. 가장 좋은 의미에서 민주주의의 첫 출발
이 타자-되기이기 때문이다. 내가 타자가 되지 않으면, 그
리고 내가 타자의 타자로서 다시 태어나지 않으면 자기-정
치로서의 공동체, 자기-표현으로서의 민주주의는 불가능하
다. 우리가 지금 확인하고 있듯이 류경무의 시는 타자-되
기의 새로운 지평을 열어젖히고 있다. 감정이입을 넘어서는
공감과 연민의 시학이 실로 높은 고도를 유지하고 있다. "
이런 저녁이면 나는/ 애가 닳아서/ 애가 다 녹아서"(「에둘
러오는」) 고통스러워하는 시인의 모습에서 예수가 떠오르
지 않는가.

　2천 년 전, 예수는 누군가에게 공감할 때 자신의 애간장이
녹는다고 표현했다. 예수의 공감이 타자-되기의 극치일 것
이다. 그러고 보면, 예수는 2천 년 예루살렘에서 가장 '나쁜
주체'였다. 나쁜 주체로서 율법주의로 대표되는 당대에 균
열을 냈다. 가장 치열한 타자-되기가 당대의 제도와 관습,
가치관에 균열을 냈고, 그것이 곧 특이점을 이끌어냈다(물
론 류경무의 어떤 시들은 부처 쪽에 훨씬 가깝다). 이것이
그의 시를 수렴-구심력의 상상력에 기대지 않고 확산-원
심력의 상상력에 의지해 자꾸 확대 해석 하려 한 이유다. 재
차 강조하지만 나는 류경무 시의 거주지가 시장전체주의의
한복판이어야 한다고 생각한다. 그래야 우리가 시장 너머에
있을 낙원, 즉 다시 무성해질 숲을 꿈꿀 수 있기 때문이다.
　「달」에서 시인은 벌써 "시간이 얼마 남지 않았다"면서 "가

려움"을 호소하고 있다. 이 지구에서 "가까스로 견뎌내는/ 이 가려움"이 곧 특이점에 대한 시인의 예언일 것이다. "나는 지금/ 밤을 꼭 지새고 말겠다는 어떤 작정과/ 도무지 용서할 수 없는 눈빛들과 싸우는 중"(「돌배나무 아래」)이라는 시인의 결기를 기억하자. 기억을 예언으로 승화시키는 나쁜 주체가 시인이다. 기억보다 더 큰 목소리로 예언을 노래하는 존재가 시인이다. 양말을 벗으며 양말에서 "양이나 말처럼 단백질로 이루어진 한 마리 초식동물"로 변신하는 시인이 여기 있다. 예민함(「양이나 말처럼」)과 민망함(「죽지 않았다」)을 혼동하지 않는 시인, "새가 벗어놓은 한 벌 창공"(「벌거숭이 새」)이 자신을 감싸는 걸 느꺼워하는 시인이라면 우리는 기억해야 한다. 그 시의 한 구절을 기억해 우리 자신의 예언으로 만들어야 한다. 미래는 기억에서 나오고 기억은 예언으로 전환돼야 한다. 그래서 나는 '미래를 기억하는 것이 예언'이라고 생각한다.

　루소는 자유를 '스스로 법을 정하고 그 법에 순종하는 것'이라고 말했다. 루소의 자유를 시 쓰기라고 번역해도 틀리지 않을 것이다. 루소의 자유인을 시인이라고 옮겨도 잘못이 아닐 것이다. 시 읽기도 여기서 멀리 벗어나지 않을 것이다. 그러니 우리, 류경무 시인의 이번 시집과 더불어 저마다 '나쁜 독자'가 되겠다고 선언해도 나쁘지 않을 것이다.

류경무 1966년 부산 동래에서 태어났다. 1999년『시와반
시』를 통해 등단했다.

문학동네시인선 079
양이나 말처럼
ⓒ 류경무 2015

1판 1쇄 2015년 12월 10일
1판 2쇄 2018년 2월 28일

지은이 | 류경무
펴낸이 | 염현숙
책임편집 | 김민정
디자인 | 수류산방(樹流山房)
본문 디자인 | 유현아
마케팅 | 정민호 박보람 나해진 김은지 우상욱
홍보 | 김희숙 김상만 이천희
제작 | 강신은 김동욱 임현식
제작처 | 영신사

펴낸곳 | (주)문학동네
출판등록 | 1993년 10월 22일 제406-2003-000045호
주소 | 413-120 경기도 파주시 회동길 210
전자우편 | editor@munhak.com
대표전화 | 031) 955-8888
팩스 | 031) 955-8855
문의전화 | 031) 955-3576(마케팅), 031) 955-2678(편집)
문학동네카페 | http://cafe.naver.com/mhdn

ISBN 978-89-546-3747-3 03810
값 | 8,000원

문학동네